Eine fantastische und doch ganz und gar wahre Geschichte:
Die junge Ludovica mauert sich, nachdem sie am Vorabend
der angolanischen Revolution einen Einbrecher in Notwehr
erschossen und auf der Dachterrasse begraben hat, für dreißig
Jahre in ihrer Wohnung ein. Draußen verändert sich die Welt,
verstricken sich Täter und Opfer in bizarren Verwicklungen,
während Ludovica fantasievoll ihr Überleben organisiert.
José Eduardo Agualusa erzählt in seinem Roman vom Wandel
und von den Wunden seiner Heimat Angola: tragisch,
komisch, furios.

José Eduardo Agualusa, 1960 in Huambo/Angola
geboren, studierte Agrarwissenschaft und Forstwirtschaft in
Lissabon. Seine Gedichte, Erzählungen und Romane wurden
in zahlreiche Sprachen übersetzt. »Eine allgemeine Theorie
des Vergessens« stand auf der Shortlist des Man Booker
International Prize 2016 und wurde 2017 mit dem
International Dublin Literary Award ausgezeichnet.
Agualusa lebt als Schriftsteller und Journalist in Portugal,
Angola und Brasilien.

José Eduardo Agualusa

Eine allgemeine Theorie des Vergessens

Roman

*Aus dem Portugiesischen
von Michael Kegler*

btb

Inhalt

Vorbemerkung

Ludovica Fernandes Mano starb in den ersten Stunden des 5. Oktober 2010 in der Klinik Sagrada Esperança in Luanda. Sie wurde 85 Jahre alt. Sabalu Estevão Capitango überließ mir Kopien von den zehn Heften, in denen Ludo während der ersten achtundzwanzig Jahre ihrer Klausur Tagebuch geführt hatte. Ich konnte auch Tagebücher aus der Zeit nach ihrer Rettung einsehen sowie zahlreiche Fotografien des Künstlers Sacramento Neto (Sakro) von Ludos Texten und Kohlezeichnungen an den Wänden ihrer Wohnung. Ludos Tagebücher, Gedichte und Gedanken erlaubten mir, ihr Drama nachzuempfinden. Zumindest glaube ich, dass sie mir dabei halfen, sie zu verstehen. Auf den nachfolgenden Seiten bediene ich mich ihrer zahlreichen Schriften. Doch ist das, was Sie lesen werden, Fiktion. Reine Fiktion.

Unser Himmel ist euer Boden

Ludovica hielt sich nie gern unter freiem Himmel auf. Schon als Kind hatten sie schreckliche Ängste vor offenen Räumen geplagt. Außerhalb ihrer Wohnung fühlte sie sich verletzlich und ausgesetzt wie eine Schildkröte, der man den Panzer geraubt hat. Als sie noch klein war, mit sechs oder sieben Jahren, weigerte sie sich, ohne den Schutz eines riesigen schwarzen Regenschirms in die Schule zu gehen, bei jedem Wetter. Und weder der Ärger der Eltern noch der beißende Spott ihrer Mitschüler hielten sie davon ab. Später wurde es besser. Bis das geschah, was sie den *Unfall* nannte, und sie begann, in dieser früheren Angst eine Art Vorahnung zu sehen.

Nach dem Tod ihrer Eltern zog sie zu ihrer Schwester. Sie ging kaum vor die Tür. Sie verdiente sich etwas Geld mit Portugiesischstunden für gelangweilte Jugendliche, ansonsten las sie, stickte, spielte Klavier, schaute Fernsehen und kochte. Am Abend stellte sie sich ans Fenster und schaute hinaus in die Dunkelheit wie in einen Abgrund. Ihre Schwester Odete schüttelte missmutig den Kopf:

Was ist los, Ludo? Hast du Angst, zwischen die Sterne zu fallen?

Odete gab Englisch- und Deutschunterricht am Lyzeum. Sie hatte ihre Schwester gern, und darum vermied sie es, zu verreisen, um sie nicht alleine zu lassen. Blieb sogar in den Ferien zu Hause. Es gab Freunde, die lobten sie für ihre Selbstlosigkeit. Andere hatten nur wenig Verständnis für solch übertriebene Rücksichtsmaßnahme. Alleine zu leben, konnte Ludo sich nicht vorstellen. Doch es betrübte sie, dass sie eine Last war, wie ein siamesischer Zwilling am Bauchnabel ihrer Schwester hing, bewegungsunfähig, fast tot, und dass Odete sie überall mit hinnehmen musste. Sie war froh und zugleich entsetzt, als sich ihre Schwester verliebte. In einen Bergbauingenieur namens Orlando, Witwer und kinderlos, der in einer schwierigen Erbschaftsangelegenheit nach Aveiro gekommen war. Ein Angolaner, geboren in Catete und immer unterwegs zwischen Luanda, der Hauptstadt Angolas, und Dundo, einem Städtchen der Diamantengesellschaft, für die er tätig war. Zwei Wochen, nachdem sie sich zufällig in einer Konditorei kennengelernt hatten, machte Orlando Odete einen Heiratsantrag, und da er ihr Problem kannte, beschloss er, damit sie nicht ablehnte, dass Ludo zu ihnen ziehen solle. Einen Monat später schon wohnten sie in einer großzügigen Wohnung im obersten Stock eines der vornehmsten Häuser von Luanda, dem Haus der Beneideten, wie es genannt wurde.

Es war eine beschwerliche Reise für Ludo gewesen. Wie betäubt hatte sie nur unter Beruhigungsmitteln die alte Wohnung verlassen, ununterbrochen geklagt und gejammert. Im Flugzeug war sie dann eingeschlafen. Nach dem Aufwachen am nächsten Morgen hatte sie ihren früheren Tagesablauf wieder aufgenommen. Orlando besaß eine wertvolle Bibliothek mit Tausenden Büchern auf Portugiesisch, Französisch, Spanisch, Englisch und Deutsch, darunter fast alle wichtigen Klassiker der Weltliteratur. Ludo hatte nun also viel mehr zu lesen, dafür aber weniger Zeit, denn sie hatte darum gebeten, die beiden Hausangestellten sowie die Köchin zu entlassen, um sich allein um den Haushalt zu kümmern.

Eines Nachmittags brachte der Ingenieur einen Karton mit nach Hause, den er vorsichtig seiner Schwägerin überreichte:

Für dich, Ludovica. Damit du Gesellschaft hast. Du bist doch immer so lange allein.

Ludo öffnete den Karton, und ihr Blick fiel auf einen kleinen, weißen Hundewelpen, der sie ängstlich musterte.

Ein Rüde. Ein Schäferhund, erklärte Orlando: Die werden schnell groß. Das hier ist ein Albino, sehr selten. Er darf nicht so oft in die Sonne. Wie willst du ihn nennen?

Ludo zögerte nicht:

Fantasma!

Fantasma?

Ja, denn für mich sieht er wie ein Gespenst aus. So weiß.

Orlando zuckte mit seinen kantigen Schultern:

Na gut. Also Fantasma.

Eine altmodisch verschnörkelte, gusseiserne Treppe zog sich in einer engen Spirale vom Wohnzimmer hinauf auf die Dachterrasse. Von dort ließ sich ein Großteil der Stadt überblicken, die Bucht, die Insel und in der Ferne eine lange Kette von einsamen Sandbänken im Wellensaum. Orlando hatte die Fläche zu einem Garten gestaltet. Eine von Bougainvillea überrankte Pergola warf lilafarbene Schatten über den Terrakottaboden, und in einer Ecke wuchsen ein Granatapfelbaum und Bananenstauden. Besucher wunderten sich:

Bananen, Orlando? Ist das ein Garten oder eine Obstplantage?

Das ärgerte den Ingenieur. Bananenstauden waren für ihn die Erinnerung an den Garten hinter dem Haus seiner Kindheit, wo er umgeben von Backsteinmauern gespielt hatte. Gern hätte er dazu auch noch Mangos, Mispeln und unzählige Papayastauden gepflanzt. Nach dem Büro saß er dort immer mit einem Glas Whisky in Reichweite, zwischen den Lippen eine Zigarette aus schwarzem Tabak, und schaute der Nacht dabei zu, wie sie sich über die Stadt legte. Fantasma war immer dabei. Auch der kleine Hund mochte die Terrasse. Nur Ludo weigerte sich, hinaufzugehen. In der ersten Zeit traute sie sich nicht einmal in die Nähe der Fenster.

Der Himmel Afrikas ist viel größer als unserer, erklärte sie ihrer Schwester: Erdrückend.

Eines sonnigen Vormittags im April kam Odete in der

Mittagspause aus dem Lyzeum, erschrocken und aufgeregt. In Portugal war Tumult ausgebrochen. Orlando war noch in Dundo. Als er abends zurückkehrte, schloss er sich mit seiner Frau im Zimmer ein. Ludo hörte sie streiten. Odete wollte, so schnell es ging, fort aus Angola:

Die Terroristen, Schatz, Terroristen …

Terroristen? Sag nie wieder in meinem Haus dieses Wort. Orlando wurde fast nie laut, sondern flüsterte nur rau und sehr deutlich, und seine schneidende Stimme legte sich wie ein Rasiermesser an die Kehle seines Gegenübers: Die angeblichen Terroristen haben für die Freiheit meines Landes gekämpft. Ich bin Angolaner. Ich gehe nicht.

Es kamen unruhige Tage. Demonstrationen, Streiks, Kundgebungen. Ludo hielt alle Fenster geschlossen, um zu vermeiden, dass die Wohnung vom Lachen der Leute auf der Straße erfüllt wurde, das wie Feuerwerk in der Luft knatterte. Orlando, Sohn eines Händlers aus dem nordportugiesischen Minho, der sich Anfang des Jahrhunderts in Catete niedergelassen hatte, und einer Mestizin aus Luanda, die bei der Geburt gestorben war, hatte sich nie viel aus Familie gemacht. Doch in diesen Tagen tauchte einer seiner Cousins auf, Vitorino Gavião, der fünf Monate in Paris gelebt, getrunken, geschäkert, konspiriert und Gedichte auf die Papierservietten der Bistros geschrieben hatte, in denen Portugiesen und Exilafrikaner verkehrten, und der sich nun mit der Aura eines romantischen Revolutionärs umgab. Wie ein Wirbelsturm brachte er in der Wohnung die Bücher in den Regalen und die Gläser in der Vitrine durcheinander und auch Fantasma, den Hund, der ihm in sicherem Abstand folgte und bellte und knurrte.

Die Genossen wollen mit dir reden, Mann!, brüllte er und knuffte Orlando gegen die Schulter: Es geht um die Übergangsregierung. Wir brauchen Kader. Du wärst geeignet.

Mag sein, gab Orlando zu: Viele sind in diesem Land sehr geeignet. Nur wofür, weiß nicht jeder.

Er zögerte. Brummte, ja, seine Erfahrung würde er gern für sein Land einsetzen. Doch die extremistischen Strömungen in der Bewegung bereiteten ihm Sorge. Natürlich brauchte es mehr soziale Gerechtigkeit, das war klar, aber die Kommunisten, die alles verstaatlichen wollten, machten ihm Angst. Privateigentum sozialisieren. Die Weißen vertreiben. Kleinbürgern die Zähne einschlagen. Er sei so stolz auf sein Lächeln, sagte Orlando. Da legte er keinen besonderen Wert auf ein künstliches Gebiss. Sein Cousin lachte, schob die markigen Sprüche auf den Begeisterungstaumel des Augenblicks und lobte den Whisky, von dem er sich noch einmal großzügig bediente. Mit seiner Haarkrause à la Jimi Hendrix und dem offenen, geblümten Hemd über der verschwitzten Brust machte er den Schwestern Angst.

Er spricht wie ein Schwarzer!, schimpfte Odete: Und er stinkt. Wenn er zu uns kommt, riecht anschließend immer die ganze Wohnung.

14

Auch darüber ärgerte sich Orlando. Verließ Türen schlagend das Apartment und kam erst am Abend zurück, wortkarg, verbittert, ein Mann wie ein Dornenstrauch. Er ging mit Fantasma auf die Terrasse, eine Schachtel Zigaretten, eine Flasche Whisky dabei, und blieb oben. Erst spätnachts kam er wieder nach unten, gefolgt von der Dunkelheit und dem starken Geruch nach Tabak und Alkohol, stolperte über seine eigenen Füße, rempelte Möbel an und haderte flüsternd mit seinem missratenen Leben.

Vereinzelte Schüsse kündeten vom Beginn der Abschiedsfeierlichkeiten. Fahnen schwenkend kamen junge Leute in den Straßen um, und die weißen Kolonisten tanzten. Rita aus der Nachbarwohnung wechselte von Luanda nach Rio de Janeiro. Zu ihrem Abschied gab sie ein Essen für zweihundert Leute, bis in den frühen Morgen hinein.

Was wir nicht austrinken, dürft ihr behalten, sagte sie und zeigte Orlando die Speisekammer, in der sich kistenweise der beste portugiesische Wein stapelte: Trinkt. Hauptsache, für die Kommunisten bleibt nichts mehr zum Feiern.

Drei Monate später war das Haus schon fast leer. Dafür wusste Ludo nicht mehr, wohin mit so vielen Weinflaschen, Bierkisten, Konserven, Schinken, Stockfisch, kiloweise Salz, Zucker und Mehl, ganz zu schweigen von Unmengen Reinigungsmitteln und Hygieneartikeln. Ein Freund, der Sportwagen sammelte, schenkte Orlando einen Alfa Romeo GTA. Ein anderer überließ ihm die Wohnungsschlüssel.

Wieder mal ist das Glück nicht auf meiner Seite, sagte Orlando, und die zwei Schwestern wussten nicht, ob es ironisch oder ernst gemeint war: Jetzt, da ich die Möglichkeit habe, Autos und Wohnungen zu sammeln, kommen die Kommunisten und nehmen mir alles wieder weg.

Ludo schaltete das Radio ein, und die Revolution kam ins Haus: *Die Volksmacht ist der Grund für diesen riesigen Tumult*, sang einer der damals bekanntesten Sänger. *He, Bruder*, ein anderer: *hab deinen Bruder gern, schau / nicht auf die Farbe der Haut / sieh in ihm den Angolaner. / Wenn das gesamte angolanische Volk sich vereint, / ist unsere Unabhängigkeit nicht mehr weit.* Einige Melodien passten gar nicht zu den Versen, sondern schienen von Liedern aus anderen Zeiten zu stammen, Balladen, so traurig wie das Licht alter Dämmerungen. Durch den Fensterspalt, hinter Gardinen verborgen, sah Ludo Lastwagen voller Männer vorbeifahren. Einige schwenkten Fahnen, andere Spruchbänder mit Parolen:

Unabhängigkeit jetzt!

Nieder mit 500 Jahren Unterdrückung!

Wir wollen die Zukunft!

Jede Forderung endete mit einem Ausrufezeichen. Die Ausrufezeichen vermengten sich mit den Macheten der Demonstranten. Auch auf Fahnen und Transparenten prangten Macheten. Manche Männer hielten in jeder Hand eine, stießen sie hoch in die Luft, ließen die Klingen aneinanderklirren in einem finsteren, makabren Gewimmel.

Eines Nachts träumte Ludo, unter den angesehenen Häusern der Altstadt erstrecke sich ein unendliches Tunnelsystem. Baumwurzeln kröchen lose die Gänge hinab. Tausende Menschen lebten in diesem Untergrund aus Morast im Dunkeln und ernährten sich von dem, was von der kolonialen Bourgeoisie durch die Toilette gespült wurde. Ludo schlängelte sich durch das Gesindel. Die Männer schwenkten Macheten. Schlugen die Klingen gegeneinander, deren Getöse durch die Gänge hallte. Einer von ihnen kam auf sie zu, kam mit seinem verdreckten Gesicht ganz nahe an ihres heran und grinste. Säuselte ihr mit einer tiefen, zärtlichen Stimme ins Ohr:

Unser Himmel ist euer Boden.

Wiegenlied für einen kleinen Tod

Odete drängte Orlando immer wieder, aus Angola fortzugehen. Ihr Mann zischte nur bittere Worte zurück. Sie könne ja gehen. Die Kolonisatoren sollten ruhig abziehen. Niemand wolle sie mehr hier haben. Eine Epoche gehe zu Ende. Eine neue Zeit breche nun an. Ob die Sonne scheine oder Unwetter herrsche, weder das kommende Licht, noch die aufziehenden Stürme scherten sich noch um die Portugiesen. Je mehr er flüsterte, desto aufgebrachter wurde er. Er konnte stundenlang die Verbrechen gegen die Afrikaner aufzählen, die Fehler, die Ungerechtigkeiten, die Schandtaten, bis die Frau schließlich aufgab und sich zum Weinen im Gästezimmer einschloss. Umso größer war ihre Überraschung, als er zwei Tage vor der Unabhängigkeit plötzlich nach Hause kam und erklärte, in einer Woche wären sie alle schon in Lissabon. Odete schaute ihn groß an:

Wieso?

Orlando setzte sich in einen der Sessel im Wohnzimmer, zog die Krawatte aus, knöpfte sein Hemd auf und streifte schließlich, was für ihn ganz und gar unüblich war, die Schuhe ab und legte seine Füße auf den Beistelltisch:

Weil es geht. Weil wir jetzt wegkönnen.

Am Abend darauf gingen sie auf das nächste Abschieds-
fest. Ludo blieb zu Hause und wartete, las, strickte, bis um
zwei Uhr nachts. Dann ging sie unruhig zu Bett. Sie schlief
schlecht. Um sieben Uhr stand sie wieder auf, zog sich einen
Morgenrock über und rief nach der Schwester. Niemand
antwortete. Nun wusste sie, dass ein Unglück geschehen
war. Sie wartete noch eine Stunde, dann suchte sie nach dem
Adressbuch. Erst rief sie bei den Nunes an, wo am Abend
die Feier gewesen war. Einer der Hausangestellten hob ab.
Die Familie sei schon am Flughafen. Ja, der Herr Ingenieur
und Gemahlin seien unter den Gästen gewesen, doch nicht
allzu lang. Er hätte den Herrn Ingenieur nie zuvor in so
guter Stimmung erlebt. Ludo dankte ihm und legte auf.
Dann blätterte sie im Adressbuch weiter. Alle Namen der
Freunde, die Luanda bereits verlassen hatten, hatte Odete
rot durchgestrichen. Nur noch wenige waren geblieben. Nur
drei gingen ans Telefon, und keiner von ihnen wusste etwas.
Einer, ein Mathematiklehrer am Salvador-Correia-Lyzeum,
versprach, sich bei einem befreundeten Polizisten zu erkun-
digen. Falls er etwas erführe, wolle er zurückrufen.

Die Stunden vergingen. Eine Schießerei setzte ein. Erst
nur vereinzelte Schüsse, dann dichtes Knattern von Hunder-
ten automatischer Waffen. Das Telefon klingelte. Ein Mann,
der noch sehr jung für sie klang, verlangte in gepflegtem
Lissaboner Akzent nach der Schwester von Dona Odete.

Was ist passiert?

Keine Sorge, uns interessiert nur der Mais.

Mais?

Sie wissen schon, was wir meinen. Geben Sie uns die Steine, und ich gebe Ihnen mein Wort, dass wir Sie in Frieden lassen. Ihnen wird nichts geschehen. Weder Ihnen noch Ihrer Schwester. Wenn Sie wollen, sitzen Sie schon morgen im nächsten Flugzeug nach Portugal.

Was haben Sie Odete und meinem Schwager getan?

Er ist leichtsinnig gewesen. Die Leute verwechseln gern Dummheit mit Mut. Ich bin Offizier der portugiesischen Streitkräfte und mag es nicht, wenn man versucht, mich für dumm zu verkaufen.

Was haben Sie ihnen getan? Was haben Sie meiner Schwester getan?

Wir haben nicht mehr viel Zeit. Es kann gut ausgehen oder schlecht.

Ich weiß nicht, was Sie meinen, ich weiß es wirklich nicht ...

Wollen Sie Ihr Schwesterlein wiedersehen? Dann gehen Sie nicht aus dem Haus, sagen Sie niemandem etwas. Sobald es hier ruhiger ist, kommen wir zu Ihnen und holen die Steine. Sie geben uns, was wir haben wollen, und wir lassen Frau Doktor Odete frei. Sagte er und legte auf.

Es war Abend geworden. Leuchtspurmunition zog über den Himmel. Explosionen erschütterten die Fensterscheiben. Fantasma hatte sich hinter eines der Sofas verkrochen.

Er wimmerte leise. Ludo wurde schwindelig. Ihr wurde übel. Sie rannte ins Badezimmer und erbrach sich in die Toilette. Dann blieb sie zitternd am Boden sitzen. Als sie wieder zu sich kam, ging sie in Orlandos Schreibzimmer, das sie sonst nur alle fünf Tage betrat, um zu fegen und Staub zu wischen. Der Ingenieur saß immer so stolz an seinem Schreibtisch, einem erhabenen, zierlichen Möbel, das ihm ein portugiesischer Antiquitätenhändler verkauft hatte. Sie versuchte, die erste Schublade aufzuziehen. Es ging nicht. Dann holte sie einen Hammer und brach sie mit drei wütenden Schlägen auf. Sie fand ein Pornoheft, das sie angewidert zur Seite legte, und darunter ein Bündel Einhundertdollarscheine und eine Pistole. Sie nahm die Waffe in beide Hände. Spürte ihr Gewicht. Streichelte sie. Damit also brachten sich Männer um. Ein massives, finsteres Gerät, fast ein lebendiges Wesen. Sie durchwühlte die Wohnung. Fand nichts. Schließlich sank sie auf eines der Sofas im Wohnzimmer und schlief ein. Sie schreckte auf, als Fantasma sie knurrend am Rock zog. Vom Meer her hob leichter Wind träge die feinen Gardinen. Im Nichts wogten Sterne. Die Stille überhöhte ihre Einsamkeit. Aus dem Flur kam ein Stimmengewirr. Ludo stand auf, ging auf bloßen Füßen zur Wohnungstür, spähte durch den Spion. Draußen beim Aufzug standen drei Männer und stritten sich leise. Der eine zeigte dabei auf sie, auf die Tür. In der Hand hielt er ein Brecheisen:

Ein Hund. Ganz bestimmt. Ich habe einen Hund bellen gehört.

Ach was, Minguito!, schimpfte ein zierlicher Typ, winzig und in einer viel zu großen Uniformjacke: Da ist niemand. Die Kolonisten sind weg. Los, brich schon die Scheiße auf.

Minguito trat vor. Ludo trat einen Schritt zurück. Sie hörte es krachen – und antwortete, ohne nachzudenken, mit einem heftigen Schlag mit der Faust gegen das Holz, der ihr erst einmal die Luft stocken ließ. Stille. Ein Aufschrei:

Wer ist da?

Verschwindet!

Lachen. Noch einmal die Stimme:

Also doch noch jemand zu Hause! Was ist los, Mütterchen, haben Sie dich vergessen?

Verschwindet, bitte.

Mütterchen, mach die Tür auf. Wir wollen nur holen, was uns gehört. Ihr habt uns fünfhundert Jahre lang ausgeplündert. Wir kommen nur holen, was uns zusteht.

Ich habe eine Waffe. Hier kommt keiner rein.

Gute Frau, bleiben Sie ruhig. Sie geben uns Ihre Klunker, ein bisschen Geld, und schon sind wir wieder verschwunden. Wir haben auch Mütter.

Nein. Ich mache nicht auf.

Okay, Minguito. Los, brich schon die Tür auf.

Ludo hastete in Orlandos Schreibzimmer. Sie holte sich die Pistole, trat vor, zielte auf die Wohnungstür und drückte ab. An den Schuss sollte sie sich fünfunddreißig Jahre lang, Tag für Tag noch erinnern. Der Knall, das kurze Zucken der Waffe. Der rasche Schmerz im Handgelenk.

Wie wäre ihr Leben ohne diesen kurzen Moment weitergegangen?

Blut! Mamã, du hast mich getötet.

Trinitá! Kumpel, bist du verletzt?

Verschwindet, verschwindet …

Schüsse auf der Straße, ganz nah. Schüsse ziehen Schüsse an. Ein Schuss in die Luft, und schon folgen Dutzende nach. In einem Land, in dem Krieg herrscht, genügt ein Knall. Der kaputte Auspuff eines Autos. Eine Feuerwerksrakete. Irgendwas. Ludo ging näher zur Tür. Sah das Loch, das die Kugel gerissen hatte. Hielt ihr Ohr an das Holz. Sie hörte das heisere Schnaufen des Verletzten:

Wasser, Mamã. Hilf mir …

Ich kann nicht. Ich kann nicht.

Bitte. Ich sterbe.

Sie öffnete die Tür, zitternd, und ohne die Pistole aus der Hand zu legen. Der Einbrecher saß mit dem Rücken zur Wand auf dem Boden. Ohne den dichten, sehr schwarzen Bart hätte man ihn für ein Kind halten können. Ein schmales Gesicht, schweißgebadet, und riesige Augen, die sie ohne Groll anschauten:

So ein Pech, so ein Pech, nun werde ich die Unabhängigkeit doch nicht erleben.

Entschuldigung, es war keine Absicht.

Wasser! Ich habe solchen Durst.

Ludo warf einen ängstlichen Blick in den Korridor.

Kommen Sie rein. Ich kann Sie ja hier draußen nicht sitzen lassen.

Der Mann schleppte sich wimmernd in die Wohnung. An der Wand blieb sein Abdruck als Schatten zurück, wie eine Nacht, die sich aus einer anderen Nacht löst. Ludo rutschte mit ihren bloßen Füßen darauf aus.

Mein Gott!

Entschuldigung, Großmütterchen. Ich mache ihr Haus dreckig.

Ludo schloss die Tür. Drehte den Schlüssel. Ging in die Küche und suchte im Kühlschrank nach kaltem Wasser. Sie füllte ein Glas und kam damit zurück ins Wohnzimmer. Der Mann trank gierig:

Noch nötiger hätte ich jetzt ein Glas frische Luft.

Ich sollte einen Arzt rufen.

Das lohnt nicht. Sie würden mich sowieso töten. Sing mir ein Lied, Oma.

Wie?

Sing einfach. Ein freundliches Lied, weich wie ein Kapokbaum.

Ludo musste an ihren Vater denken, wie er früher alte brasilianische Schlager für sie zum Einschlafen gesungen hatte. Sie legte die Pistole auf den Fußboden, ging in die

24

Knie, nahm die winzigen Hände des Einbrechers zwischen ihre Handflächen und sang, ganz nah an seinem Ohr.

Lange, sehr lange.

Kaum hatte das erste Morgenlicht ihre Wohnung geweckt, nahm Ludo ihren ganzen Mut zusammen, hob den Toten vom Boden auf und schleppte ihn hoch auf die Dachterrasse. Sie suchte sich eine Schaufel und grub in einem Blumenbeet zwischen gelbe Rosen ein schmales Grab.

Vor ein paar Monaten hatte Orlando damit begonnen, auf der Terrasse ein kleines Schwimmbecken bauen zu lassen. Wegen des Krieges waren die Arbeiten unterbrochen worden. An der Wand hatten die Arbeiter Zement, Sand, einen Stapel Backsteine zurückgelassen. Einiges davon schleppte sie jetzt nach unten. Sie schloss die Wohnungstür auf, ging hinaus und begann, eine Mauer in den Flur zu bauen. Zwischen ihre Wohnung und das übrige Haus. Sie brauchte den ganzen Vormittag dafür. Auch den Nachmittag. Erst als die Wand fertig war und der Zement glatt gestrichen, spürte sie Hunger und Durst. Sie setzte sich an den Küchentisch, wärmte sich eine Suppe auf und aß langsam. Dem Hund gab sie ein Stück Brathähnchen:

Jetzt sind nur noch wir zwei da.

Der Hund leckte ihr die Hand.

Das Blut an der Tür war zu einem dunklen Fleck eingetrocknet. Fußspuren führten von dort in die Küche. Fantasma leckte daran. Ludo schob ihn fort. Sie holte einen

Eimer Wasser, Seifenpulver und eine Bürste und putzte alles weg. Dann duschte sie warm. Als sie aus dem Badezimmer kam, klingelte das Telefon. Sie hob ab:

Es hat Probleme gegeben. Wir konnten gestern nicht kommen, das Material abzuholen. Wir sind gleich bei Ihnen.

Ludo legte wortlos auf. Das Telefon klingelte noch einmal. Dann war es kurz ruhig, doch kaum kehrte sie ihm den Rücken zu, fing es wieder an, schrill, nervös und verlangte nach Aufmerksamkeit. Fantasma kam aus der Küche. Drehte sich im Kreis und begann, bei jedem Klingeln wild zu bellen. Plötzlich sprang er auf den Tisch und stieß das Telefon herunter. Es knallte auf den Boden. Ludo schüttelte das schwarze Gehäuse. Im Inneren hatte sich etwas gelockert. Sie lächelte:

Danke, Fantasma. Ich glaube, das wird uns nun auch nicht mehr stören.

Draußen in der aufgewühlten Nacht knallten Feuerwerke und Mörser. Autos hupten. Beim schüchternen Blick aus dem Fenster sah sie Menschenmassen über die Straßen drängen. Plätze füllten sich mit einer ungeduldigen, verzweifelten Euphorie. Sie versenkte ihr Gesicht in ein Kopfkissen. Versuchte sich vorzustellen, sie sei weit weg, in der Sicherheit ihres früheren Zuhauses in Aveiro, in Portugal, und schaute zu Tee und Gebäck alte Filme im Fernsehen. Es ging nicht.

Glücklose Soldaten

Die beiden Männer versuchten, sich ihre Anspannung nicht anmerken zu lassen. Sie waren unrasiert, hatten lange, struppige Haare und trugen bunte Hemden, Schlaghosen und Militärstiefel. Der Jüngere, Benjamin, saß am Steuer und pfiff laut vor sich hin. Jeremias, den sie Carrasco, den Henker nannten, saß auf dem Beifahrersitz und kaute auf einer Zigarre. Sie überholten Lastwagen mit Soldaten auf der Ladefläche. Die Burschen winkten ihnen verschlafen zu und machten mit den Fingern das Victory-Zeichen. Die Männer erwiderten ihre Geste:

Kubaner!, brummte Jeremias. Scheiß Kommunisten.

Sie parkten das Auto vor dem Haus der Beneideten und stiegen aus. Am Eingang stellte sich ihnen ein Bettler in den Weg.

Guten Morgen, Genossen.

Was willst du, Mann?!, schimpfte Jeremias: Die Weißen anbetteln? Diese Zeiten sind vorbei. Im unabhängigen Angola, dem festen Bollwerk des Sozialismus in Afrika, ist kein Platz mehr für Bettler. Bettlern schlägt man den Kopf ab.

Er stieß ihn beiseite und trat in das Gebäude. Benjamin folgte ihm. Sie ließen den Aufzug kommen und fuhren hinauf in den elften Stock. Dann standen sie verblüfft vor der gerade errichteten Wand:

Was zum Teufel?! Dieses Land ist verrückt geworden.

Bist du sicher, dass es hier ist?

Ob ich sicher bin?, lächelte Jeremias. Er deutete auf die Tür weiter vorn: Dort drüben, elfter Stock, Wohnung E, hat Ritinha gewohnt. Die schönsten Beine Luandas. Der heißeste Arsch. Sei froh, dass du niemals Ritinha begegnet bist. Wer sie kennengelernt hat, wird nie mehr eine andere Frau anschauen können, ohne das unbestimmte Gefühl von Enttäuschung und Trauer. Genau wie der Himmel Afrikas. Würde man mich zwingen, von hier fortzugehen, heiliger Gott, wohin soll ich dann?

Ich verstehe, mein Hauptmann. Was machen wir?

Wir holen eine Spitzhacke und schlagen die Wand ein.

Sie gingen zurück in den Aufzug und fuhren nach unten. Dort wurden sie schon von dem Bettler erwartet. In seinem Gefolge fünf Männer mit Waffen.

Das sind sie, Genosse Monte.

Der Mann namens Monte kam auf sie zu. Er sprach Jeremias mit einer sicheren, mächtigen Stimme an, die so gar nicht zu seiner schmalen Gestalt passen wollte:

Würde es Ihnen etwas ausmachen, Ihren Hemdsärmel etwas hochzuschieben, *Camarada*? Ja, den rechten Ärmel, bitte. Ich möchte mal einen Blick auf Ihr Handgelenk werfen …

Und warum sollte ich?

Weil ich Sie freundlich wie eine Parfümverkäuferin darum bitte.

Jeremias lachte kurz. Er schob seinen Hemdsärmel hoch und ließ eine Tätowierung erkennen: *Audaces Fortune Juvat.*

Ist es das, was Sie sehen wollen?

Das und nichts anderes, Hauptmann. Ihr Glück scheint zu Ende zu sein. Und verwegen ist es durchaus, in diesen unruhigen Zeiten als Weißer in portugiesischen Militärstiefeln auf die Straße zu gehen.

Er wandte sich an zwei der bewaffneten Männer, ließ sie ein Seil holen und die zwei Söldner fesseln. Sie banden ihnen die Hände hinter dem Rücken zusammen und stießen sie in einen verbeulten Toyota Corolla. Ein Mann setzte sich auf den Beifahrersitz, Monte ans Steuer. Die anderen folgten ihnen in einem Militärjeep. Benjamin versenkte sein Gesicht zwischen den Knien und begann, haltlos zu schluchzen. Jeremias stieß ihn ärgerlich mit der Schulter an:

Jetzt hör schon auf. Du bist portugiesischer Soldat.

Monte fuhr dazwischen:

Lass den Kleinen in Ruhe. Ihr hättet ihn da nicht mit hineinziehen dürfen. Sie allerdings sind nichts weiter als ein Prostituierter des amerikanischen Imperialismus. Sie sollten sich schämen.

Und diese Kubaner, sind das nicht auch Söldner?

Die kubanischen Genossen sind nicht für Geld in Angola. Sondern aus Überzeugung.

Ich bin auch aus Überzeugung in Angola geblieben. Ich kämpfe für die westliche Zivilisation und gegen den sowjetischen Imperialismus. Für Portugals Überleben.

Papperlapapp. An so etwas glaube ich nicht. Und Sie auch nicht. Nicht einmal Ihre Mutter. Und übrigens, was hatten Sie in Ritas Haus zu suchen?

Sie kennen Rita?

Rita Costa Reis? Ritinha? Gigantische Beine. Die schönsten Beine Luandas.

Sie unterhielten sich nun angeregt über die Frauen Angolas. Jeremias schätzte die Frauen Luandas durchaus, aber an Leidenschaft und Temperament könne es auf der Welt keine mit den Mulattinnen aus Benguela aufnehmen, sagte er. Monte konterte mit Riquita Bauleth aus Mossâmedes, Spross einer der alten Familien und Miss Portugal 1971. Jeremias kapitulierte. Ja, natürlich, Riquita. Er hätte sein Leben dafür gegeben, nur ein einziges Mal im Licht dieser schwarzen Augen zu erwachen. Der Mann auf dem Beifahrersitz mischte sich ein:

Wir sind da, Kommandant. Hier ist es.

Sie hatten die Stadt hinter sich gelassen. Durch freies Gelände zog sich eine hohe Mauer. Dahinter Baobabs und ein tiefblauer, makelloser Horizont. Sie stiegen aus. Monte band die beiden Söldner los. Er stellte sich vor ihnen auf:

Hauptmann Jeremias Carrasco, wobei Carrasco vermutlich Ihr Spitzname ist, Ihnen werden zahllose Gräueltaten zur Last gelegt. Sie haben Dutzende angolanische Nationalisten gefoltert und umgebracht. Einige unserer Genossen würden Sie gern vor Gericht sehen. Doch für mich sind Gerichtsverhandlungen reine Zeitverschwendung. Das Volk hat sein Urteil schon längst gesprochen.

Jeremias grinste:

Das Volk? Papperlapapp. An so etwas glaube ich nicht. Und Sie auch nicht. Nicht einmal Ihre Mutter. Lassen Sie uns laufen. Ich kann Ihnen Diamanten geben. Eine ganze Handvoll. Gute Steine. Damit können Sie raus hier aus diesem Land und, wo immer Sie wollen, ein neues Leben beginnen. Jede Frau haben, die Ihnen gefällt.

Danke. Ich habe nicht vor, von hier fortzugehen, und die einzige Frau, die ich haben will, wartet bei mir zu Hause. Gute Reise für Sie und viel Spaß, wohin auch immer Sie gehen.

Monte ging wieder zum Auto. Die Soldaten stießen die Portugiesen bis gegen die Mauer. Dann traten sie ein paar Schritte zurück, einer nahm eine Pistole vom Gürtel und zielte wie beiläufig, fast gelangweilt. Drückte drei Mal ab. Jeremias blieb auf dem Rücken liegen. Am Himmel sah er die Vögel kreisen. An der blutigen Mauer mit den vielen Einschüssen erkannte er rot und verschwommen:

Die Nacht dem Volke – Der Kampf geht weiter.

Die Substanz der Angst

Ich habe Angst vor dem, was hinter den Fenstern ist, vor der Luft, die in Schüben hereinweht, und vor den Geräuschen, die sie mit sich bringt. Ich fürchte die Mücken, die Myriaden von Insekten, deren Namen ich nicht kenne. Ich bin allem fremd, wie ein Vogel in einem reißenden Strom.

Ich verstehe die Stimmen nicht, die von draußen zu mir hereinkommen, die mir das Radio ins Haus bringt, verstehe nicht, was sie sagen, nicht einmal, wenn es Portugiesisch klingt, denn das Portugiesisch, das sie sprechen, ist nicht mehr meins.

Selbst das Licht ist mir fremd.

Zu viel Licht.

Manche Farben sollten in einem gesunden Himmel nicht vorkommen.

Ich bin meinem Hund näher als den Leuten da draußen.

Nach dem Ende

Nach dem Ende hörte die Zeit auf, sich immer mehr zu beschleunigen. Zumindest für Ludo. Am 23. Februar 1976 schrieb sie in ihr erstes Tagebuch:

Heute ist gar nichts geschehen. Ich habe geschlafen. Im Schlaf träumte ich, dass ich schlafen würde. Bäume, Tiere und viele Insekten teilten mit mir ihre Träume. Wir träumten im Chor, wie eine unüberschaubare Menge in einem winzigen Raum, und tauschten Ideen und Düfte und Zärtlichkeit aus. Ich kann mich erinnern, dass ich eine Spinne war, die sich über ihre Beute hermacht, und gleichzeitig auch die Fliege, die sich in ihrem Netz verfangen hat. Ich empfand mich wie Blumen, die sich der Sonne öffnen, wie sanfter Wind, in dem Pollen schwebt. Als ich aufwachte, war ich wieder allein. Wenn wir im Schlaf davon träumen, zu schlafen, können wir dann, wenn wir wach sind, aufwachen in einer helleren Wirklichkeit?

Eines Morgens stand sie auf, drehte am Wasserhahn, und es war kein Wasser da. Sie bekam einen Schrecken. Zum ersten Mal wurde ihr klar, dass sie womöglich noch Jahre in dieser

Wohnung eingesperrt bleiben würde. Sie sah nach, welche Vorräte sie noch in der Speisekammer hatte. Um Salz brauchte sie sich keine Sorgen zu machen. Auch Mehl war noch für Monate da, es gab Säcke mit Bohnen, viele Packungen Zucker, kistenweise Wein und Erfrischungsgetränke, Dutzende Dosen Sardinen, Thunfisch und Würstchen.

Am Abend regnete es. Ludo nahm einen Regenschirm und ging mit Eimern und Schüsseln und leeren Flaschen hoch auf die Terrasse. Am Morgen schnitt sie die Bougainvillea und Blumen ab und steckte eine Handvoll Zitronenkerne in das Beet, wo sie den Einbrecher verscharrt hatte. Säte Bohnen und Mais in die vier anderen Beete. In die übrigen fünf setzte sie ihre letzten Kartoffeln. Eine der Bananenstauden trug bereits Früchte. Davon pflückte sie welche und nahm sie mit in die Küche herunter. Sie zeigte sie ihrem Hund:

Siehst du? Orlando hat diese Bananen einmal gepflanzt, als Erinnerung. Nun helfen sie uns gegen den Hunger. Genauer gesagt, gegen meinen. Du magst, glaube ich, keine Bananen.

Am nächsten Tag war wieder Wasser da. Es sollte von da an immer mal wieder ausfallen, genau wie der Strom, und irgendwann war beides ganz abgeschaltet. Die Stromausfälle störten sie anfangs mehr als das fehlende Wasser. Sie vermisste das Radio. Sie hörte gern Nachrichten aus aller Welt auf BBC und im portugiesischen Rádio Difusão Portuguesa. Sie hörte auch angolanische Sender, auch wenn sie die ständigen Tiraden gegen den Kolonialismus, den Neo-kolonialismus und die Kräfte der Reaktion ärgerten. Das Radio war ein ganz wunderbares Gerät in einem Holzgehäuse im Art-déco-Stil und mit marmornen Tasten. Drückte man eine davon, leuchtete alles wie eine Stadt auf. Ludo drehte an den Knöpfen und suchte nach Stimmen. Vereinzelte Sätze erreichten ihr Ohr auf Französisch, Englisch oder in einer der seltsamen afrikanischen Sprachen:

... israeli commandos rescue airliner hostages at Entebbe ...

... Mao Tse Tung est mort ...

... Combattants de l'indépedance aujourd'hui victorieux ...

... Nzambe azali bolingo mpe atoanda na boboto ...

Und es gab den Plattenspieler. Orlando besaß eine ganze Reihe von Schallplatten mit französischen Chansons. Jacques Brel, Charles Aznavour, Serge Raggiani, Georges Brassens, Léo Ferré. Wenn das Licht im Meer versank, hörte die Portugiesin Jacques Brel. Die Stadt fiel in Schlaf, und sie vergaß Namen, noch brannte ein Streifen Licht. Und die Nacht näherte sich Stück für Stück, und die Zeit zog sich lang ohne Ziel. Und ihr Körper erschöpft, und die Nacht blau in blau. Müdigkeit setzte ihr Messer an. Und sie stellte sich vor, sie sei Königin, glaubte, dass irgendwo wer auf sie wartete, wie man auf eine Königin wartet. Aber niemand wartete, nirgendwo auf der Welt. Und die Stadt fiel in Schlaf, und die

Vögel wie Wellen, die Wellen wie Vögel, die Frauen wie Frauen, und sie war gar nicht mehr sicher, dass Frauen die Zukunft der Menschheit sind.

Eines Nachmittags schreckte sie Stimmengewirr auf. Sie fuhr hoch, panisch. Ein Überfall? Ihre Wohnzimmerwand grenzte an die Wohnung von Rita Costa Reis. Sie horchte. Zwei Frauen, ein Mann, mehrere Kinder. Die Stimme des Mannes war voll, seidig und klang angenehm. Sie redeten in einer dieser seltsam melodischen Tonlagen, wie sie manchmal im Radio zu hören waren. Das eine oder andere Wort löste sich aus dem Gemenge und hüpfte wie ein bunter Gummiball weiter und in ihrem Kopf hin und her:

Bolingô. Bisô. Matondi.

Allmählich war wieder Leben ins Haus der Beneideten eingezogen, mit neuen Bewohnern. Armen Leuten aus den Armenvierteln, den *Musseques*, Bauern, die vom Land in die Stadt kamen, Rückkehrern aus Zaire und echten Zairern, die das Leben in einem Apartmenthaus nicht gewohnt waren. Eines Morgens sah Ludo beim Blick aus dem Zimmerfenster eine Frau auf dem Balkon, zehnter Stock, Wohnung A, urinieren. Auf dem Balkon von 10 D schauten fünf Hühner der Sonne beim Aufgehen zu. Hinter dem Haus war eine große Freifläche, auf der noch vor Monaten die Autos geparkt hatten. Von allen Seiten begrenzten hohe Mauern das Areal, das nun von üppiger Vegetation überwuchert war. Aus einem Spalt irgendwo in der Mitte strömte Wasser bis zu dem Müll- und Morasthaufen entlang der Hauswände, wo es wieder versickerte. Ganz früher war dort einmal ein See gewesen. Orlando erzählte gern von den Dreißigerjahren, als er als Kind dort mit Freunden im hohen Gras gespielt hatte. Sie hatten Gerippe von Krokodilen und Flusspferden gefunden. Und Löwenschädel.

Ludo sah diesen See wieder entstehen. Sogar Flusspferde sah sie zurückkehren (übertreiben wir nicht: eines). Allerdings erst Jahre später. Dazu kommen wir noch. In den Monaten nach der Unabhängigkeit teilten sich die Frau und ihr Hund Thunfisch und Sardinen, Würstchen und Dauerwurst. Als die Dosen zu Ende waren, aßen sie Suppe aus Bohnen und Reis. Da fiel der Strom manchmal schon tagelang aus, und Ludo kochte auf einer offenen Feuerstelle in der Küche. Erst verbrannte sie Pappkartons und nutzlose Papiere, die trockenen Zweige der Bougainvillea. Dann die überflüssigen Möbel. Als sie das Ehebett auseinandernahm, fand sie unter der Matratze einen Lederbeutel. Als sie ihn öffnete, sah sie, ohne besonderes Staunen, Dutzende kleiner Steine über den Boden kullern. Nachdem sie die Betten und Stühle verbrannt hatte, begann sie, das Parkett herauszureißen. Das harte, schwere Holz brannte langsam und machte ein gutes Feuer. Anfangs tat sie dies noch mit Streichhölzern. Als diese zu Ende waren, nahm sie die Lupe, mit der Orlando immer seine Briefmarkensammlung aus Übersee angeschaut hatte. Dafür musste sie warten, bis sich gegen zehn Uhr morgens das Sonnenlicht über den Küchenboden ergoss. Natürlich konnte sie auch nur an sonnigen Tagen kochen.

Der Hunger kam. Über Wochen, die sich wie Monate zogen, aß Ludo fast gar nichts. Fantasma fütterte sie mit Weizenmehlbrei. Tage und Nächte vermengten sich. Wenn sie erwachte, sah sie den Hund mit entschlossener Unruhe über sie wachen. Beim Einschlafen spürte sie seinen heißen Atem. Sie ging in die Küche und holte ein Messer, das mit der längsten Klinge, und trug es fortan am Gürtel wie ein Schwert. Auch sie wachte manchmal über den Schlaf des Tieres. Mehrmals setzte sie ihm das Messer an den Hals.

Es wurde spät, es war früh und immer die gleiche Leere, die keinen Anfang hatte, kein Ende nahm. Irgendwann hörte sie auf der Terrasse ein heftiges Scharren und Rascheln. Sie ging schnell hinauf und ertappte Fantasma dabei, wie er eine Taube verschlang. Sie ging zu ihm, um ihm ein Stück zu entreißen. Der Hund sträubte sich und fletschte die Zähne. Dickes, nachtdunkles Blut mit Resten von Federn und Fleisch klebte an seiner Schnauze. Sie ließ von ihm ab. Dann überlegte sie sich, einfache Fallen zu stellen. Umgedrehte Kartons, mithilfe eines Stöckchens aufgestellt. An dem Stöckchen ein Bindfaden. Im Schatten der Kisten zwei oder drei Diamanten. Versteckt hinter einem Regenschirm kauernd, wartete sie mehr als zwei Stunden, bis eine Taube auf der Terrasse landete. Der Vogel tippelte torkelnd heran. Hopste wieder zurück. Flatterte auf und flog weg. Verlor sich im leuchtenden Himmel. Dann kam er wieder. Diesmal umrundete er die Falle, pickte misstrauisch an der Schnur und wagte sich dann, angezogen vom Funkeln der Steine, unter den Schatten des Pappkartons. Ludo zog an der Schnur. Fing drei Tauben an diesem Nachmittag. Kochte sie und kam wieder zu Kräften. In den Monaten darauf fing sie noch viele mehr.

Lange Zeit fiel kein Regen. Ludo goss ihre Beete mit dem, was noch im Schwimmbecken war. Endlich riss der feine Schleier aus niedrigen Wolken auf, den man in Luanda *Cacimbo* nennt, und es war wieder Wasser da. Der Mais keimte. Bohnen blühten und entwickelten Schoten. Der Granatapfelbaum füllte sich mit roten Früchten. Nur Tauben gab es immer weniger am Himmel der Stadt. Eine der letzten, die ihr in die Falle ging, hatte einen Ring am Bein. Daran war ein kleiner Plastikzylinder befestigt. Ludo öffnete ihn und entdeckte, wie ein Tombola-Los eingerollt, einen kleinen Zettel. Darauf stand in lilafarbener Tinte und winziger, deutlicher Handschrift der Satz:

Morgen. Sechs Uhr, übliche Stelle. Pass auf Dich auf. Ich liebe Dich.

Sie rollte das Papier wieder zusammen und steckte es in das winzige Röhrchen zurück. Sie war unsicher. Sie hatte Hunger. Außerdem hatte die Taube zwei oder drei ihrer Steine verschluckt. Sie hatte nicht mehr so viele, und einige waren viel zu groß, um als Köder zu dienen. Andererseits hatte die Botschaft etwas Verstörendes. Mit einem Mal fühlte sie sich mächtig. Das Schicksal zweier Menschen lag in ihren Händen, vor Angst bebend. Sie hielt es fest, dieses geflügelte Schicksal und warf es zurück in die Weite des Himmels. Sie schrieb in ihr Tagebuch:

Ich muss an die Frau denken, die auf die Taube wartet. Sie traut der Post nicht – oder gibt es schon gar keine Post mehr? Sie traut dem Telefon nicht – oder funktioniert auch das Telefon mittlerweile nicht mehr? Sicher ist, dass sie den Menschen nicht traut. Die Menschheit hat niemals gut funktioniert. Ich sehe, wie sie die Taube hält und nicht ahnt, dass vor ihr schon ich sie zitternd in meinen Händen gehalten habe. Die Frau will fliehen. Ich weiß nicht, vor was. Vor diesem Land, das in Stücke fällt, vor einer erdrückenden Ehe, vor einer Zukunft, die ihr zu eng ist, wie ein paar fremde Schuhe? Ich hatte mir überlegt, zu der Nachricht noch eine von mir zu legen: «Töte den Überbringer». Wenn sie die Taube tötete, würde sie einen Diamanten finden. Doch so würde sie nur die Nachricht lesen und die Taube wieder in ihren Schlag zurücksetzen. Um sechs Uhr würde sie sich mit dem Mann treffen, den ich mir groß gewachsen vorstelle, mit entschlossenen Bewegungen und einem wachen Herzen. Ein Anflug von Traurigkeit geht von ihm aus, wie er die Flucht vorbereitet. Die Flucht wird ihn zu einem Vaterlandsverräter machen. Er wird durch die Welt irren, gestützt auf die Liebe einer Frau, doch er wird nie wieder schlafen können, ohne seine rechte Hand auf die linke Seite seiner Brust zu legen. Der Frau wird dies auffallen.

Tut dir etwas weh?

Der Mann wird den Kopf schütteln, nein. Nichts. Er hat nichts. Wie soll er erklären, dass ihn seine verlorene Kindheit schmerzt?

Beim scheuen Blick aus dem Zimmerfenster konnte sie ewige Samstagvormittage lang die Frau aus Wohnung A im zehnten Stock auf dem Balkon Mais stampfen sehen. Dann Maniok stampfen. Dann Fisch ausnehmen und grillen. Saftige Hühnerschenkel. Die Luft erfüllte sich mit beißendem, duftendem Rauch, der ihr das Wasser im Mund zusammenlaufen ließ. Orlando mochte die angolanische Küche. Ludo jedoch hatte sich immer geweigert, Gerichte der Schwarzen zu kochen. Jetzt bereute sie es. Nichts hätte sie in diesen Tagen lieber getan, als Gegrilltes zu essen. Sie begann, den Hühnern auf dem Balkon aufzulauern, wie sie im Morgengrauen die ersten Sonnenkrümel aufpickten. Sie wartete einen Sonntag ab. Die Stadt schlief noch. Dann lehnte sie sich aus dem Fenster und ließ eine Kordel mit einer Schlinge hinab auf den Balkon der Wohnung 10 A. Nach etwa fünfzehn Minuten erwischte sie den Hals eines riesigen schwarzen Hahns. Mit einem Ruck zog sie ihn zu sich herauf. Zu ihrem Erstaunen lebte er noch (wenn auch nur wenig), als sie ihn auf den Zimmerboden legte. Als sie das Messer vom Gürtel nahm, um ihn zu köpfen, kam ihr eine Idee. Für die nächsten Monate hatte sie genug Mais und auch Bohnen und Bananen. Mit einem Hahn und einer Henne würde sie eine Hühnerzucht aufbauen können. Jede Woche ein Ei wäre gut. Sie ließ die Kordel noch einmal hinab. Diesmal erwischte sie eines der Hühner am Bein. Das arme Tier flatterte und zeterte furchtbar, Federn und Daunen und Staub wirbelten herum. Sofort war das gesamte Haus wach vom Geschrei der Nachbarin:

Diebe! Diebe!

Und dann, da wohl niemand die glatten Wände des Hochhauses bis zum Balkon hochgeklettert sein konnte, nur, um Hühner zu stehlen, wurde aus dem Geschrei banges Klagen:

Zauberei ... Zauberei ...

Und gleich darauf die Gewissheit:

Kianda ... Kianda ...

Ludo hatte Orlando von Kianda erzählen gehört. Er hatte versucht, ihr den Unterschied zwischen Kianda und Nymphen oder Meerjungfrauen zu erklären:

Kianda ist eine Wesenheit, eine Energie, die Gutes und Böses erschafft. Diese Energie zeigt sich in farbigen Lichtern, die aus dem Wasser steigen, aus den Wellen des Meeres und aus tobendem Wind. Die Fischer huldigen ihr. Als ich als Kind hier am See hinter dem Haus spielte, fand ich oft Opfergaben. Manchmal entführte Kianda einen Passanten. Nach Tagen tauchten die Leute irgendwo weit entfernt wieder auf, an einem anderen See oder einem Flussufer, einem Strand. Das kam oft vor. Irgendwann fing man an, die Kianda als Meerjungfrau darzustellen. Sie wurde zur Meerjungfrau, doch sie behielt ihre Kräfte.

So also begann Ludo mit einem gewöhnlichen Diebstahl und etwas Glück eine Hühnerzucht auf der Terrasse. Für die Bewohner Luandas erneuerte sich mit diesem Vorfall der Glaube an die Existenz und die Macht der Kianda.

Die Mulemba von Ché Guevara

Im Hinterhof, wo der See wieder aufgetaucht ist, steht ein riesiger Baum. Ich schlug in der Bibliothek in einem Buch über angolanische Pflanzen nach und fand heraus, dass es ein Mulemba-Baum (Ficus thonningli) ist, auch Wilde Feige oder Lorbeerfeige genannt, der in Angola als Königsbaum oder Palaverbaum (Baum des Wortes) gilt, weil sich die Sobas (Häuptlinge) mit ihren Getreuen (Makotas) in seinem Schatten versammeln, um Stammesangelegenheiten zu besprechen. Seine höchsten Zweige reichen fast bis an mein Fenster.

Manchmal sehe ich von Weitem einen Affen durch seine Zweige klettern, durch Schatten und Vögel hindurch. Wahrscheinlich hat er einmal jemandem gehört, ist vielleicht weggelaufen oder wurde ausgesetzt. Ich mag ihn. Wie ich ist er ein Fremdkörper in dieser Stadt.

Ein fremder Körper.

Die Kinder werfen mit Steinen nach ihm, die Frauen jagen ihn mit Knüppeln. Sie schreien ihn an. Schimpfen hinter ihm her.

Ich habe ihm einen Namen gegeben: Ché Guevara, wegen seines leicht spöttischen, rebellischen Blicks, erhaben wie ein König, dem Reich und Krone verloren gingen.

Einmal ertappte ich den Affen, wie er auf meiner Terrasse Bananen aß. Ich weiß nicht, wie es ihm gelingt, hier heraufzukommen. Vielleicht schwingt er sich von den Ästen des Mulemba-Baums in ein Fenster und von dort über die Brüstung. Es stört mich nicht. Die Bananen und Granatäpfel reichen für zwei – im Moment jedenfalls noch.

Ich breche gerne Granatäpfel auf und reibe ihr Funkeln zwischen den Fingern.

    Ich mag auch das Wort Granatapfel, wegen seines Funkelns wie ein aufgehender Morgen.

Das zweite Leben des Jeremias Carrasco

Wir alle nehmen im Lauf unseres Lebens unterschiedliche Existenzen an. Geben andere auf. Meistens sogar. Doch nur wenigen ist es vergönnt, in eine andere Haut zu schlüpfen. So, wie es Jeremias Carrasco beinahe gelang. Nach seiner eher nachlässigen Erschießung schlug er die Augen auf und lag in einem für seine ein Meter fünfundachtzig viel zu kurzen Bett, das so schmal war, dass, wenn er versuchte, seine Arme nicht über der Brust zu kreuzen, die Finger rechts und links den Zementboden berührten. Er hatte schreckliche Schmerzen. Im Rachen, im Hals und in der Brust, und das Atmen fiel ihm entsetzlich schwer. Als er die Augen aufschlug, erblickte er eine niedrige Zimmerdecke, von der die matte Farbe abblätterte. Ein kleiner Gecko hing genau über ihm und beäugte ihn neugierig. Das Morgengrauen drang wogend und duftend durch ein winziges Fenster in der Wand gegenüber, direkt unter der Decke.

Ich bin tot, dachte Jeremias. Ich bin tot, und der Gecko ist Gott.

Dieser allerdings, angenommen, der Gecko wäre tatsächlich Gott, zeigte sich höchst unentschlossen über das Schicksal, das er Carrasco zuteilwerden lassen sollte. Und diese

Unentschlossenheit wiederum fand Jeremias befremdlicher, als Auge in Auge mit seinem Schöpfer zu stehen, der die Gestalt eines Reptils angenommen hatte. Er wusste längst, dass er dazu bestimmt war, auf ewig in der Hölle zu schmoren. Er hatte getötet, gefoltert. Anfangs vielleicht noch aus Pflicht und auf Anweisung, dann aber aus reiner Freude. Er hatte sich erst richtig wach und erfüllt gefühlt, wenn er andere Menschen durch die Nacht jagte.

Entscheide dich, sagte Jeremias zum Gecko. Zumindest versuchte er es, doch aus seinem Mund kam nur ein stummes Krächzen. Er versuchte es noch einmal, und wie im Albtraum kam wiederum nur dieses düstere Stammeln.

Versuche erst gar nicht zu sprechen. Du wirst nie wieder sprechen.

Einen Augenblick lang glaubte Jeremias, Gott habe ihn zum ewigen Schweigen verdammt, doch dann wandte er seinen Blick nach rechts und sah eine sehr dicke Frau in der Tür stehen. Ihre winzigen, zierlichen Hände tanzten vor ihrer Gestalt, als sie sagte:

Dein Tod stand gestern in allen Zeitungen. Mit einem uralten Foto. Ich hätte dich fast nicht erkannt. Es hieß, du seist wie ein Teufel gewesen. Du bist gestorben und auferstanden. Du hast eine zweite Chance. Nutze sie.

Madalena war seit fünf Jahren im Hospital Maria Pia beschäftigt. Davor war sie Nonne gewesen. Eine Nachbarin hatte die Erschießung der Söldner von Weitem gesehen und hatte sie gerufen. Die Krankenschwester war ganz alleine dorthin gefahren. Einer der Männer hatte noch gelebt. Eine Kugel hatte wie durch ein Wunder seinen Brustkorb durchquert, in einer perfekten Linie, ohne auch nur ein einziges lebenswichtiges Organ zu streifen. Ein zweites Geschoss war in seine Mundhöhle gedrungen, hatte ihm zwei obere Schneidezähne ausgeschlagen und dann ein Loch in den Kehlkopf gerissen.

Ich kann das immer noch nicht glauben. Hast du versucht, das Geschoss mit den Zähnen zu fangen?, lachte sie, und ihr ganzer Körper bebte mit. Das Licht schien sich mit ihr über ihn lustig zu machen: Gute Reaktion, mein Herr, und keine schlechte Idee. Wäre die Kugel nicht gegen die Zähne geprallt, hätte sie wohl einen anderen Weg genommen, und du wärst jetzt tot oder zumindest gelähmt. Ich dachte, es sei besser, dich nicht ins Krankenhaus zu bringen. Dort würde man dich nur pflegen, um dich dann, wenn es dir besser ginge, noch einmal zu erschießen. Also habe ich mich um dich gekümmert, mit dem Wenigen, was da war. Nun muss ich dich nur noch aus Luanda herausbringen. Ich weiß nicht, wie lange ich dich hier noch verstecken kann. Wenn die Genossen dich finden, erschießen sie auch mich. Sobald es geht, reisen wir in den Süden.

Sie versteckte ihn fast fünf Monate lang. Im Radio konnte Jeremias das allmähliche Vorrücken der Regierungstruppen, unterstützt durch Kubaner, gegen die notdürftige, brüchige Allianz aus UNITA, FNLA, der südafrikanischen Armee und portugiesischen, englischen und nordamerikanischen Söldnern verfolgen.

Er tanzte gerade an einem Strand in Cascais am Atlantik in Portugal mit einer platinierten Blonden, war nie im Krieg gewesen, hatte nie getötet, niemanden gefoltert, als Jeremias von Madalena wachgerüttelt wurde:

Es geht los, Hauptmann! Jetzt oder nie.

Der Söldner stand mühsam aus seinem Bett auf. Regen prasselte in der Dunkelheit und übertönte den wenigen Autoverkehr, der um diese Zeit noch auf der Straße herrschte. Sie machten sich in einem gelben, verschlissenen Citroën-2-CV-Lieferwagen mit reichlich verrosteter Karosserie auf den Weg, der Motor war allerdings tadellos. Jeremias lag hinten versteckt zwischen Kisten mit Büchern.

Bücher flößen Respekt ein, erklärte die Krankenschwester: Wären Bierflaschen in den Kisten, würden Soldaten das Auto komplett auf den Kopf stellen und keine einzige Flasche würde heil bis Mossâmedes kommen.

Die Taktik ging auf. Bei jeder der unzähligen Kontrollen unterwegs salutierten die Soldaten beim Anblick der Bücher, baten Madalena vielmals um Entschuldigung und ließen sie weiterfahren. Sie erreichten Mossâmedes an einem stickigen Morgen. Durch ein Loch in der rostigen Karosserie sah Jeremias die Kleinstadt langsam und staunend um sich selbst kreisen wie ein Betrunkener auf einer Beerdigung. Monate zuvor waren südafrikanische Truppen auf ihrem Weg nach Luanda dort durchgezogen und hatten ohne viel Mühe die örtlichen Truppen aus Pionieren und Mucubal-Kriegern aufgerieben.

Madalena parkte den Wagen vor einem solide gebauten blauen Stadthaus. Sie stieg aus und ließ Jeremias im Auto schmoren. Er schwitzte stark und bekam kaum noch Luft. Also entschloss er sich, lieber auszusteigen, die Gefahr, festgenommen zu werden, in Kauf zu nehmen, als zu ersticken. Doch er konnte die Kisten nicht fortschieben. Nachdem er mit den Füßen gegen die Karosserie gepoltert hatte, rief von draußen ein Alter:

Wer ist da?

Da hörte er Madalenas liebliche Stimme.

Eine Ziege, die ich nach Virei bringe.

Soso, eine Ziege nach Virei?! Hahaha! Ziegen nach Virei fahren!

Als das Auto wieder in Bewegung war, kam etwas frische Luft herein. Jeremias beruhigte sich wieder. Sie fuhren noch eine Stunde lang holpernd über kaum sichtbare Wege durch eine Landschaft, die für Jeremias aus hartem Wind, Stein, Staub und Stacheldraht zu bestehen schien. Endlich hielten sie an. Um den Wagen herum erhob sich Stimmengewirr. Die Hecktür wurde aufgerissen, und jemand holte die Kisten heraus. Dutzende neugierige Gesichter erschienen. Frauen mit rot angemalten Körpern. Einige von ihnen schon älter.

Andere noch jung mit sehr spitzen Brüsten und festen Brustwarzen. Große, elegante junge Männer mit über dem Kopf zusammengebundenen Haaren.

Mein verstorbener Vater ist in der Wüste geboren. Hier wurde er auch begraben. Diese Leute verehren ihn sehr, sagte Madalena. Sie werden dich bei sich aufnehmen und dich verstecken, solange es nötig ist.

Der Söldner setzte sich auf den Boden und versuchte, seine Schultern zu lockern, wie ein König, der plötzlich nackt dasteht, im dornigen Schatten eines Mutiati-Baums. Ein paar Kinder umringten ihn, fassten ihn an, berührten seine Haare. Die Burschen lachten laut. Das bittere Schweigen des Mannes, sein abwesender Blick, seine Aura, die seine bewegte, brutale Vergangenheit erahnen ließ, verunsicherten sie. Madalena verabschiedete sich mit einem Nicken.

Warte hier. Man wird dich holen. Wenn sich alles beruhigt hat, wirst du über die Grenze nach Südostafrika gehen. Ich nehme an, du hast Freunde unter den Südafrikanern.

Es sollten Jahre vergehen. Jahrzehnte. Jeremias ist nie über die Grenze gegangen.

27. Mai

Heute früh war Ché Guevara sehr aufgeregt. Er sprang kreischend von Ast zu Ast.

Später sah ich vom Wohnzimmerfenster aus einen rennenden Mann. Groß und sehr dünn. Ungeheuer flink. Drei Soldaten verfolgten ihn. Zivilisten strömten von allen Seiten zusammen, hinter den Soldaten her. Eine riesige Meute jagte den Flüchtenden. Ich sah, wie er einen Jungen umrannte, der sich ihm mit seinem Fahrrad in den Weg gestellt hatte. Wie er über den staubigen Boden rollte. Fast hätten sie ihn eingeholt. Kaum eine Armlänge hätte noch gefehlt, da schnappte der Mann sich das Fahrrad und flüchtete weiter. Hundert Meter vor ihm hatten sich noch mehr Leute zusammengerottet und warfen mit Steinen. Der arme Kerl wollte in eine enge Seitengasse ausweichen. Er konnte nicht, wie ich von hier oben, sehen, dass es eine Sackgasse war. Als er seinen Fehler bemerkte, warf er das Fahrrad hin und versuchte, über die Mauer zu entkommen.

Ein Steinhagel traf ihn am Hinterkopf, und er fiel zu Boden.

Sie holten ihn ein und traktierten seinen mageren Körper mit
Fußtritten. Einer der Soldaten hob eine Pistole und schoss in
die Luft, um einen Weg frei zu machen. Er half dem Mann
aufzustehen, die Pistole weiter auf die Menge gerichtet. Die
anderen zwei riefen Anweisungen, versuchten, die Gemüter
zu beruhigen. Es gelang ihnen schließlich, die Menge zurück-
zudrängen und den Gefangenen zu einem Transporter zu
schleifen. Sie stießen ihn hinein und fuhren ab.

Schon seit einer Woche habe ich keinen Strom mehr. Ich kann
also kein Radio hören. Ich habe keine Ahnung, was los ist.

Es waren Schüsse, die mich aufgeweckt hatten. Dann sah ich
vom Wohnzimmerfenster aus diesen rennenden dürren
Mann. Fantasma war den ganzen Tag lang sehr unruhig und
kreiste um seine eigene Angst, knabberte an seinen Pfoten.
Aus der Nachbarwohnung hörte ich Schreie. Männer, die sich
stritten. Dann Stille. Ich konnte nicht schlafen. Um vier Uhr
früh stieg ich hoch auf die Terrasse. Die Nacht verschlang wie
ein Brunnen die Sterne.

Da sah ich einen offenen Lastwagen vorbeifahren. Auf der
Ladefläche Leichen.

Über die Abschürfungen der Vernunft

Monte mochte keine Verhöre. Er wechselt bis heute das Thema, wenn man ihn darauf anspricht. Überhaupt meidet er die Erinnerung an die Siebzigerjahre, als man sich zur Verteidigung der sozialistischen Revolution, um einen billigen Euphemismus der politischen Polizei zu bemühen, zu Übertreibungen hinreißen ließ. Freunden gestand er, sehr viel über die Natur des Menschen gelernt zu haben, bei den Verhören von Fraktionisten und jungen Leuten, die mit linksextremistischen Bestrebungen in Verbindung gebracht wurden, damals in den furchtbaren Jahren nach der Unabhängigkeit. Leute mit glücklicher Kindheit, sagt er, seien schwerer zu brechen.

Vielleicht hatte er damit den Kleinen Soba im Sinn.

Kleiner Soba, getauft auf den Namen Arnaldo Cruz, sprach nicht gern über die Zeit seiner Gefangenschaft. Er hatte früh beide Eltern verloren, war bei seiner Großmutter väterlicherseits, der alten Dulcineia, aufgewachsen, die Süßigkeiten verkaufte, sodass es ihm an nichts fehlte. Nach dem Lyzeum hatten alle nur darauf gewartet, dass er studieren und Doktor werden würde, da verstrickte er sich in politische Aktivitäten und wurde festgenommen. Nach vier

Monaten im Gefangenenlager von São Nicolau, mehr als einhundert Kilometer entfernt von Mossâmedes, brach in Portugal die Nelkenrevolution aus. Er kehrte als Held nach Luanda zurück, und die alte Dulcineia war sich nun sicher, dass ihr Enkel Minister würde. Doch Kleiner Soba hatte wiederum mehr Begeisterung als Geschick für die Wirren der Politik und wurde nur wenige Monate nach der Unabhängigkeit, inzwischen Student der Rechtswissenschaft, erneut festgenommen. Seine Großmutter überlebte die Trauer nicht und starb wenige Tage später an einem Herzanfall.

Ihm selbst gelang schließlich die Flucht aus dem Gefängnis in einem Sarg, ein Husarenstück, das weiter unten noch einmal ausführliche Würdigung erfahren soll. Kaum war er draußen, ging er in den Untergrund. Doch anstatt sich in einem dunklen Verschlag oder gar in einem Schrank in der Wohnung einer alten Tante zu verkriechen, wie einige seiner Genossen, entschied er sich für das Gegenteil. Was alle sehen können, wird nicht bemerkt, philosophierte er. Also begann er, durch die Straßen zu ziehen, in Lumpen, mit langen Haaren und struppigen Strähnen voller Schlamm und Teer. Um noch mehr zu verschwinden und den ständigen Razzien der Militärs zu entgehen, die Tag und Nacht auf der Suche nach Kanonenfutter durch die Stadt streiften, gab er sich als Irrer aus. Und man kann sich nur als Irrer ausgeben, wenn die anderen einen dafür halten, also muss man selbst ein Stück wahnsinnig werden.

Stell dir vor, halb zu schlafen, erklärt Kleiner Soba: Ein Teil von dir wacht, der andere driftet ab. Was abdriftet, ist deine öffentliche Erscheinung.

In diesem Zustand der fast vollständigen sozialen Unsichtbarkeit und der Semidemenz, in dem das Bewusstsein höchstens im Zwischendeck reist, erblickte Kleiner Soba eines Tages die Taube.

Hunger. Ich konnte mich kaum noch auf den Beinen halten, jeder noch so schwache Wind blies mich um. Aus einer Astgabel und etwas Gummiband hatte ich mir eine Steinschleuder gebaut und machte Jagd auf Ratten, drüben in Catambor, als eine Taube zu mir herunterkam, strahlend, so weiß, dass ihr Licht alles in ihrer Umgebung durchflutete. Das ist der Heilige Geist, dachte ich. Ich suchte mir einen Stein, zielte auf die Taube und schoss. Volltreffer. Noch bevor sie auf den Boden aufschlug, war sie schon tot. Sofort fiel mir das kleine Plastikröhrchen an ihrem Bein auf. Ich öffnete es und holte das kleine Papier heraus. *Morgen. Sechs Uhr, übliche Stelle. Pass auf Dich auf. Ich liebe Dich,* las ich. Als ich die Taube ausnahm, fand ich die Diamanten.

Kleiner Soba begriff nicht sofort, was geschehen war:

In meiner Verwirrung dachte ich, es sei Gott gewesen, der mir die Steine geschenkt hatte. Ich glaubte sogar, Gott habe mir diese Nachricht geschrieben. Meine übliche Stelle war vor der Buchhandlung Lello. Also ging ich dort um sechs

Uhr am nächsten Tag hin und wartete, dass sich Gott zu erkennen gab.

Und Gott gab sich zu erkennen, auf krummen Wegen, in Gestalt einer sehr dicken Frau mit einem sehr glatten Gesicht, in dem ein Ausdruck permanenter Verzückung stand. Die Frau stieg aus einem alten Citroën-2-CV-Lieferwagen und ging auf Kleiner Soba zu, der sie aus der Deckung eines Müllcontainers beobachtete.

He, schöner Mann!, rief Madalena: Ich brauche deine Hilfe.

Erschrocken trat Kleiner Soba aus seiner Deckung. Die Frau sagte, sie hätte ihn beobachtet und es würde sie ärgern, ihn als gesunden, ja kerngesunden jungen Mann auf der Straße herumlungern zu sehen und sich für einen Irren auszugeben. Der ehemalige Häftling straffte sich und konnte seine Empörung kaum zügeln:

Ich bin wirklich verrückt, und zwar außerordentlich!

Aber nicht genug, erwiderte die Krankenschwester: Ein wirklicher Irrer würde zumindest versuchen, ein wenig vernünftig zu wirken.

Madalena hatte ein kleines Grundstück geerbt, bei Viana, wo sie Obst und Gemüse anpflanzte, was in der Hauptstadt nur schwer zu bekommen war, und suchte nun jemanden, der sich um dieses Gelände kümmerte. Kleiner Soba schlug ein. Nicht aus dem naheliegenden Grund, dass ihn der Hunger fast umbrachte und er auf einem Gartengrundstück jeden Tag gut zu essen bekommen würde, zudem dort vor Militär, Polizei und anderen Jägern in Sicherheit wäre. Nein, er ging mit, weil er es für den Willen Gottes hielt.

Nach fünf Monaten, gut genährt und noch besser ausgeschlafen, war sein Verstand wiederhergestellt. Was in seinem Fall leider nicht sehr vernünftig war. Fünf oder sechs Monate länger verrückt zu sein, wäre für ihn jedenfalls besser gewesen. Denn mit dem Verstand kehrte auch seine Unruhe zurück. Der Zustand, in dem sich sein Land befand, tat ihm in der Seele weh, ein echter Schmerz wie aus Fleisch und Blut. Und noch mehr schmerzte ihn, wie es seinen Genossen ging, die er hinter Gittern hatte zurücklassen müssen. Und so knüpfte er nach und nach wieder alte Verbindungen. Gemeinsam mit einem späteren Fußballspieler namens Maciel Lucamba, den er noch aus dem Lager São Nicolau kannte, erarbeitete er einen Plan zur Gefangenenbefreiung mit anschließender Flucht nach Portugal auf einem Fischkutter. Nur von den Diamanten erzählte er niemandem, nicht einmal Maciel. Von ihrem Erlös wollte er einen Teil der geplanten Operation bezahlen. Nur wusste er nicht, wem er die Steine anbieten sollte. Er kam auch gar nicht dazu, sich darüber Gedanken zu machen, denn eines Sonntagnachmittags, als er sich gerade auf einer Matte ausruhte, kamen zwei Typen und nahmen ihn fest. Dass sie auch Madalena geschnappt hatten, war für ihn besonders schlimm.

Es war Monte, der ihn verhörte und vor allem die Verstrickung der Krankenschwester in die Verschwörung beweisen wollte. Er versprach, sie beide laufen zu lassen, wenn der junge Mann ihm den Aufenthaltsort eines portugiesischen Söldners verriet, den Madalena angeblich versteckt hatte. Natürlich hätte ihm Kleiner Soba wahrheitsgemäß sagen können, dass er von diesem Söldner noch niemals gehört habe. Doch er war der Meinung, jedes Wort an den Agenten hieße, dessen Legitimität anzuerkennen. Also spuckte er nur vor ihm aus. Einige der Narben an seinem Körper sind seiner Sturheit zu verdanken.

Während der Zeit im Gefängnis hatte er die Diamanten ständig bei sich. Weder die Wachen noch die anderen Gefangenen ahnten auch nur, dass der bescheidene junge Mann, der sich so engagiert um die anderen kümmerte, ein kleines Vermögen dabeihaben könnte. Am Morgen des 27. Mai 1977 weckte ihn eine Explosion. Schüsse. Ein Unbekannter riss die Zellentür auf und brüllte, er könne gehen, wenn er wolle. Aufständische hatten das Gefängnis besetzt. Er durchquerte den Tumult mit der Gelassenheit eines Gespensts, kam sich noch unsichtbarer vor als damals, als er noch als Irrer durch die Stadt gestreift war. Im Hof traf er im Schatten eines Frangipani-Baums auf eine sehr angesehene Dichterin und Galionsfigur der nationalistischen Bewegung, die wie er kurz nach der Unabhängigkeit als angebliche Anhängerin einer intellektuellen Strömung, die Kritik an der Parteiführung übte, festgenommen worden war. Kleiner Soba fragte sie nach Madalena. Sie sei schon vor einigen Wochen freigekommen. Die Polizei habe ihr nichts nachweisen können. Eine besondere Frau!, sagte die Dichterin und riet ihm, besser nicht aus dem Gefängnis zu gehen. Der Aufstand würde sehr rasch erstickt werden, und dann würden die Flüchtigen, falls man sie fasste, erst gefoltert und dann erschossen: Ein Blutbad werde kommen.

Kleiner Soba nickte, umarmte die Dichterin lange und ging dann strahlend hinaus in das schüchterne Licht auf der Straße. Er wollte zu Madalena. Sie um Entschuldigung bitten. Doch er wusste, dass ihr das womöglich noch mehr schaden würde. Bei ihr würde die Polizei zuallererst nach ihm suchen. Also schlich er durch die Stadt, aufgewühlt, ängstlich, verfolgte mal aus der Ferne eine Demonstration, mal die Aufmärsche der Getreuen des Präsidenten. War mal hier und mal dort, verlief sich, bis ihn ein Soldat wiedererkannte und zu verfolgen begann. Er rief, Fraktionist, Fraktionist!, und schon war eine Menschenmenge zusammengeströmt, hinter ihm her. Kleiner Soba war eins fünfundachtzig groß, langbeinig und Sportler gewesen. Doch nach Monaten in der engen Zelle war ihm die Ausdauer abhandengekommen. Die ersten fünfhundert Meter gelang es ihm noch, Abstand zu seinen Verfolgern zu halten. Er glaubte sogar, ihnen entkommen zu sein. Doch der Tumult hatte noch mehr Menschen angezogen. Seine Brust wollte zerspringen. Schweiß lief ihm in die Augen, trübte seine Sicht. Da stand plötzlich ein Fahrrad vor ihm. Er konnte nicht ausweichen und stolperte, fiel zu Boden, stand wieder auf und nahm sich das Fahrrad. Wieder gelang ihm die Flucht. Nach rechts in eine Gasse hinein. Es war eine Sackgasse. Er warf das Rad weg und versuchte, über die Mauer zu kommen. Da traf ihn ein Stein am Hinterkopf. Er schmeckte Blut. Ihm wurde schwindelig. Dann war er auch schon in einem Auto, in Handschellen, ein Soldat rechts, einer links von ihm, und alle brüllten herum.

Du wirst sterben, du Eidechse!, jaulte der Fahrer: Wir haben Anweisung, euch allesamt zu töten. Aber vorher reiße ich dir alle Nägel raus, einen nach dem anderen, bis du mir alles sagst, was du weißt. Ich will die Namen der Fraktionisten.

Man riss ihm keinen einzigen Nagel aus. An der nächsten Kreuzung wurden sie von einem Lastwagen gerammt, und der Wagen schleuderte auf den Bürgersteig. Die Autotür auf der anderen Seite sprang auf, und Kleiner Soba wurde regelrecht ausgespuckt, zusammen mit dem einen Soldaten. Er rappelte sich auf, klopfte sich fremdes und eigenes Blut und Glasscherben ab und hatte kaum Zeit zu begreifen, was da gerade geschehen war, als ein kräftiger Typ auf ihn zukam, mit einem Lächeln, in dem vierundsechzig Zähne zu funkeln schienen, ihm eine Jacke umhängte, damit man die Handschellen nicht mehr sah, und ihn mit sich nahm. Eine Viertelstunde danach traten sie in ein luxuriöses, wenn auch deutlich heruntergekommenes Haus, stiegen die Treppe elf Stockwerke hinauf, Kleiner Soba hinkte, sein rechtes Bein wäre beinahe gebrochen.

Die Aufzüge sind kaputt, sagte der Mann entschuldigend und mit einem strahlenden Lächeln: Die Leute aus dem Busch schmeißen ihren Müll in den Aufzugsschacht. Er ist fast bis obenhin voll damit.

Er bat ihn herein. An der grell rosafarben gestrichenen Wohnzimmerwand prangte ein Ölgemälde, das in naiven Strichen den glücklichen Wohnungsinhaber abbildete. Zwei Frauen saßen auf dem Boden vor einem kleinen Batterieradio. Eine der beiden, noch sehr jung, stillte ein Baby. Keine beachtete ihn. Der Mann mit dem strahlenden Lächeln zog einen Stuhl heran. Mit einer Handbewegung bat er Kleiner Soba, sich zu setzen. Aus seiner Tasche zog er eine Büroklammer, bog sie gerade und machte sich über die Handschellen her. Er steckte den Draht in das Schloss, zählte bis drei und schloss auf. Dann rief er etwas auf Lingála. Die ältere der Frauen stand ohne ein Wort auf und verschwand in der Wohnung. Nach ein paar Minuten kam sie mit zwei Flaschen *Cuca* zurück. Aus dem Radio zeterte eine wütende Stimme:

Man muss sie ergreifen, unschädlich machen, erschießen!

Der Mann mit dem strahlenden Lächeln wiegte den Kopf:

Dafür haben wir die Unabhängigkeit nicht gemacht. Nicht dafür, dass sich Angolaner gegenseitig umbringen wie tollwütige Hunde. Er seufzte: Aber jetzt müssen wir uns um Ihre Wunden kümmern. Dann ruhen Sie sich erst einmal aus. Wir haben ein Zimmer übrig. Dort können Sie bleiben, bis das alles vorbei ist.

Das kann eine Weile dauern, bis alles vorbei ist.

Das geht vorbei, *Camarada*. Auch das Böse muss irgendwann ausruhen.

Die widerspenstige Antenne

In den ersten Monaten ihrer Isolation ging Ludo kaum ohne den Schutz ihres Regenschirms auf die Terrasse. Später nutzte sie eine längliche Pappkiste, in die sie auf Höhe der Augen zwei Löcher geschnitten hatte, um sehen zu können, und seitlich zwei Löcher für die Arme. So konnte sie arbeiten, ihre Beete bepflanzen, ernten, Unkraut jäten. Manchmal beugte sie sich über den Rand der Terrasse, um voller Zorn auf die untergegangene Stadt herunterzublicken. Wer seinerseits den Blick auf das Haus richtete, etwa von einem anderen Gebäude aus, sah nur einen länglichen Pappkarton, der sich bewegte, über den Rand beugte und sich dann wieder zurückzog.

Wolken kreisten die Stadt ein wie Quallen.

Zumindest für Ludo sahen sie wie Quallen aus.

Die Leute sehen in Wolken nicht deren Form, die ja keine ist, oder jede beliebige sein kann, weil sie sich ständig verändert. Sie sehen, wonach sich ihr Herz sehnt.

Das Wort Herz mögen Sie nicht?

Nehmen Sie einen anderen: Seele, das Unterbewusste, Fantasie, was Sie wollen. Es gibt dafür keinen genauen Begriff.

Ludo sah Wolken, und für sie waren es Quallen.

Sie hatte sich angewöhnt, mit sich selbst zu sprechen, immer wieder dieselben Worte, stundenlang. Zwitschern. Trällern. Vogelschar. Flügel. Flattern. Zwitschern. Trällern. Vogelschar. Flügel. Flattern. Zwitschern. Trällern. Vogelschar. Flügel. Flattern. Zwitschern. Trällern. Vogelschar. Flügel. Flattern. Zwitschern. Trällern. Vogelschar. Flügel. Flattern. Zwitschern. Trällern. Vogelschar. Flügel. Flattern. Gute Worte, die wie Schokolade am Gaumen zergingen und ihr glückliche Erinnerungen ins Gedächtnis riefen. Sie musste sie nur lange genug wiederholen, glaubte sie, und die Vögel würden wieder in den Himmel Luandas zurückkehren. Schon seit Jahren hatte sie keine Tauben mehr gesehen, keine Möwen, nicht einmal einen winzigen Spatz. In der Nacht gab es Fledermäuse. Doch der Flug einer Fledermaus hat nichts mit dem eines Vogels gemein. Fledermäuse sind wie Quallen substanzlose Wesen. Man sieht eine Fledermaus durch die Schatten huschen und hält sie nicht für Wesen aus Fleisch und Blut oder festen Knochen, mit Fieber und Gefühlen. Flüchtige Umrisse sind sie, huschende Geister zwischen den Trümmern, kaum da und schon wieder weg. Ludo hasste Fledermäuse. Noch seltener als Tauben waren inzwischen die Hunde, und seltener noch als die Hunde die Katzen. Die Katzen verschwanden als Erstes. Hunde hielten sich noch ein paar Jahre lang in den Straßen. Ganze Rudel von Rassehunden. Dürre Windhunde, schwere, asthmatische Mastiffs, fröhliche Dalmatiner, nervöse Jagdhunde, und dann zwei oder drei Jahre lang noch die unmöglichsten und erbärmlichsten Mischungen aus so vielen erlesenen Stammbäumen.

Ludo seufzte. Sie setzte sich mit dem Gesicht zum Fenster. Von dort konnte sie nichts als den Himmel erkennen. Tief hängende, düstere Wolken und einen Funken Blau, schon fast von der Dunkelheit überwältigt. Sie musste an Ché Guevara denken. Normalerweise sah sie ihn jetzt über die Wände huschen, über Balkons und Dächer, sich in die höchsten Zweige des Mulemba-Baums zurückziehen. Es tat ihr gut, ihn zu sehen. Sie waren Wesensverwandte, beide ein Missverständnis, Fremdkörper im überschwänglichen Organismus der Stadt. Die Leute warfen mit Steinen nach ihm. Andere legten vergiftetes Obst aus. Doch das Tier kam immer davon. Es roch an den Früchten und entfernte sich mit verächtlichem Gesichtsausdruck. Wenn sie sich etwas anders hinsetzte, sah sie die Parabolantennen. Dutzende, Hunderte, Tausende zogen sich über die Häuser wie Pilze. Lange schon sah sie, wie sie sich nach Norden ausrichteten. Alle, mit Ausnahme einer – der widerspenstigen Antenne. Noch so ein Fremdkörper. Sie stellte sich gerne vor, dass sie nicht sterben würde, solange diese Antenne den anderen den Rücken zukehrte. Auch solange Ché Guevara noch lebte, würde sie nicht sterben. Doch nun hatte sie ihn schon seit zwei Wochen nicht mehr gesehen und am Morgen hatte sie beim ersten Blick über die Dächer gesehen, dass die Antenne nach Norden zeigte, wie alle anderen. Dichte, lärmende Dunkelheit ergoss sich wie ein Fluss über die Fensterscheiben. Plötzlich erhellte ein kräftiger Blitz alles, und sie sah ihren eigenen Schatten an der Wand. Eine Sekunde danach kam der Donner. Sie schloss die Augen. Wenn sie jetzt sterben würde, dort, genau in diesem lichten Moment, während draußen der Himmel siegreich und frei tanzte, wäre alles gut. Es würden Jahrzehnte vergehen, bis man sie finden würde. Sie musste an Aveiro denken und merkte, dass sie aufgehört hatte, sich als Portugiesin zu fühlen. Sie gehörte nun nirgendwohin. Wo sie geboren war, war es kalt. Sie sah vor sich die engen Gassen, die Leute, die mit eingezogenen Köpfen gegen den Wind und die Langeweile ankämpften. Niemand erwartete sie.

Bevor sie die Augen aufschlug, wusste sie schon, dass das Gewitter vorüber war. Der Himmel hatte aufgeklart. Ein Lichtstrahl wärmte ihr Gesicht. Von draußen hörte sie ein Wimmern, ein schwaches Klagen. Fantasma, der zu ihren Füßen gelegen hatte, sprang auf, schoss durch die Wohnung ins Wohnzimmer, stolperte die Wendeltreppe hinauf und verschwand. Ludo stürzte hinter ihm her. Der Hund hatte den Affen zwischen den Bananenstauden gestellt und knurrte nervös mit geducktem Kopf. Ludo packte ihn fest am Halsband und zog ihn zu sich. Der Schäferhund sträubte sich. Schnappte nach ihr. Die Frau schlug ihm mit ihrer linken

Faust auf die Schnauze, noch einmal und noch einmal. Schließlich gab Fantasma auf und ließ sich fortziehen. Sie sperrte ihn in die Küche, schloss die Tür ab und ging wieder auf die Terrasse. Ché Guevara war noch da und schaute sie aus hellen, entsetzten Augen an. An keinem Menschen hatte sie je einen so menschlichen Blick bemerkt. Am rechten Bein hatte er einen tiefen Schnitt, frisch und glatt wie von einem Hackmesser. Das Blut vermischte sich mit dem Regenwasser.

Ludo schälte eine Banane, die sie aus der Küche mitgebracht hatte, und streckte sie ihm hin. Der Affe beugte sich vor, doch dann schüttelte er seinen Kopf, was sowohl Ausdruck von Schmerz als auch von Misstrauen sein konnte. Sie lockte ihn mit sanfter Stimme:

Komm, Kleiner, komm. Ich kümmere mich um dich.

Das Tier kam näher, ein Bein nachziehend, und wimmerte leise. Ludo ließ die Banane los und umklammerte seinen Hals. Nahm mit der Linken das Messer vom Gürtel und stieß es in sein mageres Fleisch. Ché Guevara schrie auf, kämpfte sich frei, das Messer steckte noch immer in seinem Bauch, als er sich mit zwei großen Sprüngen an die Mauer rettete. Dort blieb er, gegen die Wand gelehnt, jammernd und sich das Blut abschüttelnd. Die Frau sank zu Boden, erschöpft. Auch sie weinte. So blieben sie lange, die beiden, und schauten sich an, bis es wieder zu regnen begann. Da stand Ludo auf, ging zum Affen, zog ihm das Messer aus dem Bauch und schnitt ihm die Kehle durch.

Am nächsten Morgen, als sie das Fleisch einpökelte, sah sie, dass die widerspenstige Antenne wieder nach Süden gerichtet war.

Diese und noch drei andere.

Tage verrinnen wie Flüssigkeit

Die Tage verrinnen wie Flüssigkeit. Ich habe kein Heft mehr, um hineinzuschreiben. Ich habe auch keine Stifte mehr. Ich schreibe mit Kohle die Wände voll, kurze Verse.

Ich spare an Essen, an Wasser, an Feuer und Adjektiven.

Ich muss an Orlando denken. Anfangs hasste ich ihn. Dann fing ich an, ihn zu bewundern. Er konnte verführerisch sein. Ein Mann und zwei Frauen unter demselben Dach – eine gefährliche Mischung.

Haiku

ich auster in gedanken
verschlossen mit perlen

.

.

.

am abgrund scherben

Die subtile Architektur des Zufälligen

Der Mann mit dem strahlenden Lächeln hieß Bienvenue Ambrosio Fortunato. Doch kaum jemand kannte ihn unter diesem Namen. Ende der Sechzigerjahre hatte er einmal einen Bolero mit dem Titel *Papy Bolingô* komponiert, der in der Version von François Luambo Luanzo Makiadi, dem großen Franco, ein großer Erfolg war und Tag und Nacht in Kinshasa im Radio gespielt wurde. So war der junge Gitarrist zu seinem Spitznamen gekommen, der ihn sein Leben lang begleiten sollte. Im Alter von etwas mehr als zwanzig Jahren ging Papy Bolingô als Verfolgter des Regimes von Herrn Joseph-Désiré Mobutu, alias Mobutu Sese Seko Nkuku Ngbendu wa Za Banga, ins Exil nach Paris. Dort arbeitete er zunächst als Türsteher in einem Nachtklub und später als Gitarrist in einem Zirkusorchester. Erst in Frankreich entdeckte er im Kontakt mit der kleinen angolanischen Community das Land seiner Vorfahren wieder, und kaum war Angola unabhängig, hatte er seine Koffer gepackt und war nach Luanda gegangen. Er spielte auf Hochzeiten und anderen privaten Feierlichkeiten der aus Zaire zurückgekehrten Angolaner und auch wirklicher Zairer, die sich nach der alten Heimat sehnten. Sein hartes tägliches Brot verdiente er als Tontechniker beim staatlichen Rundfunk. Als am 27. Mai die Rebellen das Gebäude stürmten, hatte er gerade Frühschicht. Dann sah er die kubanischen Soldaten kommen, die mit Fußtritten und Schlägen sofort wieder Ordnung ins Haus brachten und die Kontrolle über den Sender übernahmen.

Als er nach Feierabend das Haus verließ, sah er, noch ganz aufgewühlt von den Ereignissen, wie ein Militärlaster ein Auto rammte. Er beeilte sich, Hilfe zu leisten. Einen der Verletzten kannte er, einen rundlichen Typen mit kräftigen, kurzen Armen, der ihn einmal im Radio verhört hatte. Dann sah er den jungen Mann, groß und mager wie eine Mumie, dessen Handgelenke in Handschellen lagen. Er zögerte nicht. Er half dem jungen Mann aufzustehen, warf ihm eine Jacke über die Handschellen und brachte ihn in seine Wohnung.

Warum haben Sie mir geholfen?

Die Frage wiederholte Kleiner Soba unzählige Male in den vier Jahren, in denen er sich in der Wohnung des Tontechnikers versteckte. Dieser antwortete meist nicht, sondern lachte nur dieses großzügige Lachen des freien Mannes, schüttelte den Kopf und wechselte das Thema. Einmal schaute er ihm fest in die Augen:

Mein Vater war Priester. Ein guter Priester und ein ausgezeichneter Vater. Bis heute misstraue ich Priestern, die keine Kinder haben. Wie kann man Pater sein, ohne Vater zu sein?

Meiner lehrte mich, den Schwachen zu helfen. Damals, als ich dich auf dem Bürgersteig liegen sah, kamst du mir sehr schwach vor. Außerdem hatte ich einen der Polizisten erkannt, einen Offizier der Staatssicherheit, der bei mir auf der Arbeit die Leute befragt hatte. Ich mag keine Gedankenpolizei. Mochte sie noch nie. Da tat ich, was mir mein Gewissen befahl.

Kleiner Soba versteckte sich monatelang. Nach dem Tod des ersten Präsidenten versuchte das Regime eine schüchterne Öffnung. Die politischen Gefangenen, die mit keiner der bewaffneten Gruppen in Verbindung standen, wurden freigelassen. Einigen bot man sogar Posten im Staatsapparat an. Als er irgendwo zwischen erschrocken und neugierig wieder auf die Straße ging, musste Kleiner Soba feststellen, dass ihn fast alle für tot hielten. Es gab sogar Freunde, die ihm versicherten, bei seiner Beerdigung gewesen zu sein. Einige schienen gar etwas enttäuscht, dass sie ihn nun so lebendig antrafen. Madalena dagegen empfing ihn mit großer Freude. Sie hatte inzwischen eine Nichtregierungsorganisation namens «Sopa de Pedra» (Steinsuppe) aufgebaut, die sich für eine bessere Ernährung der armen Bevölkerung in den *Musseques* von Luanda einsetzte, und war in den ärmsten Vierteln der Hauptstadt unterwegs, um den Müttern zu zeigen, wie sie mit spärlichen Mitteln ihre Kinder, so gut es ging, satt bekamen.

Man kann ganz gut essen, ohne mehr dafür auszugeben,

erklärte sie: Du und deine Freunde, ihr nehmt immer den Mund voll mit so großen Worten: Soziale Gerechtigkeit, Freiheit, Revolution, und die Leute vegetieren vor sich hin, werden krank, sterben. Große Reden machen nicht satt. Was die Leute brauchen, ist frisches Gemüse und wenigstens ein Mal in der Woche eine richtige Fischsuppe. Mich interessiert nur die Revolution, die mit einem vernünftigen Essen beginnt.

Kleiner Soba ließ sich begeistern, und er schloss sich der Krankenschwester für ein symbolisches Gehalt, drei tägliche Mahlzeiten, einen Schlafplatz und saubere Wäsche an. Es vergingen die Jahre. Mauern stürzten ein. Friede kam, es gab Wahlen, der Krieg brach wieder aus. Das sozialistische System wurde von denselben Leuten, die es einmal errichtet hatten, demontiert, und aus der Asche stieg wieder der Kapitalismus empor, aggressiver denn je. Leute, die noch vor Monaten bei Familienfeiern, auf Festen, Kundgebungen und in Zeitungsartikeln gegen die bürgerliche Demokratie gewettert hatten, fuhren nun, in teure Marken gekleidet, in polierten Autos herum.

Kleiner Soba hatte sich einen langen Eremitenbart über die schmale Brust wachsen lassen. Er war weiterhin eitel und wirkte vom Bart abgesehen immer noch jugendlich. Doch er begann, sich beim Gehen leicht nach links zu neigen, als versuchte ein Sturm, ihn von innen heraus umzuwehen. Eines Nachmittags, als er wieder einmal die Autos der Reichen vorbeirauschen sah, fielen ihm die Diamanten ein. Papy Bolingôs Rat folgend, ging er zum Roque-Santeiro-Markt. Auf einem Zettel hatte er sich einen Namen notiert. Als er sich durch die Menge treiben ließ, dachte er, in dem Chaos sei es wohl kaum möglich, eine bestimmte Person auszumachen. Er fürchtete gar, nie mehr dort herauszufinden. Doch weit gefehlt. Der erste Markthändler, den er fragte, zeigte gleich in eine bestimmte Richtung. Der nächste, ein paar Meter weiter, auch. Nach einer Viertelstunde stand er vor einer Baracke, an deren Tür jemand recht ungelenk eine Frauenbüste gepinselt hatte, um deren zu langen Hals eine Diamantenkette funkelte. Er klopfte. Ein schlanker Mann in einem rosafarbenen Anzug und mit strahlend roter Krawatte und Hut öffnete. Seine auf Hochglanz gewienerten Schuhe glänzten im Zwielicht. Kleiner Soba musste an die *Sapeurs* denken, die Papy Bolingô ihm vor ein paar Jahren bei einem kurzen Besuch in Kinshasa gezeigt hatte. Sapeur nennt man im Kongo die Modefreaks. Typen, die alles, was sie haben, in teure und prächtige Kleidung stecken, um dann wie Models auf dem Laufsteg durch die Straßen zu flanieren.

Er trat ein. Drinnen standen ein Schreibtisch und zwei Stühle. Ein Ventilator an der Decke quälte sich mit langsamen Flügelschlägen durch stickige Luft.

Jaime Panguila, so stellte sich der Sapeur vor und bat ihn, Platz zu nehmen.

Panguila war interessiert an den Steinen. Erst betrachtete er sie im Licht einer Schreibtischlampe. Dann ging er zum Fenster, zog die Gardine beiseite und begutachtete sie, indem er sie zwischen den Fingern drehte, im harten Licht der Sonne, die beinahe im Zenit stand. Schließlich setzte er sich:

Die Steine sind klein, aber sehr gut, sehr rein. Ich will gar nicht wissen, wo Sie sie herhaben. Ich werde sicher Probleme haben, sie weiterzuverkaufen. Ich kann Ihnen nicht mehr als siebentausend Dollar dafür geben.

Kleiner Soba lehnte ab. Panguila verdoppelte sein Angebot. Er nahm ein Bündel Geldscheine aus einer der Schubladen, legte sie in einen Schuhkarton und schob diesen über den Tisch.

Kleiner Soba setzte sich in eine Bar in der Nähe, stellte den Schuhkarton vor sich auf den Tisch und überlegte, was er mit dem Geld machen sollte. Das Logo der Biermarke, die Umrisse eines Vogels mit ausgebreiteten Flügeln, erinnerte ihn an die Taube. Er hatte noch immer das Plastikröhrchen mit den, wenn auch schon reichlich verblichenen Zeilen dabei:

Morgen. Sechs Uhr, übliche Stelle. Pass auf Dich auf. Ich liebe Dich.

Wer das wohl geschrieben hatte?

Vielleicht ein leitender Angestellter der angolanischen Diamantengesellschaft? Er stellte sich einen Mann mit sehr strengem Gesicht vor, wie er die Nachricht hinkritzelte, den Zettel in das Plastikröhrchen steckte und es am Bein der

Taube befestigte. Dann, wie er der Taube die Diamanten in den Schnabel schob. Erst einen, dann noch einen. Dann, wie er sie fliegen ließ und die Taube von seiner von mächtigen, dichten Mangobäumen umgebenen Villa in Dundo bis in den gefährlichen Himmel der Hauptstadt flog. Über finstere Wälder, sprachlose Flüsse und die unterschiedlichsten kämpfenden Truppen hinweg.

Dann stand er auf und lächelte. Nun wusste er, was er mit dem Geld anfangen sollte. Die nächsten Monate verbrachte er mit dem Aufbau eines kleinen Kurierdienstes, den er nach der Brieftaube Pombo-Correio nannte, wobei ihm besonders gefiel, dass das portugiesische Wort Pombo für Taube auf Kimbundu den Überbringer von Botschaften meint. Das Geschäft blühte, und weitere kamen hinzu. Er investierte schließlich in alle möglichen Branchen, vom Hotelgewerbe bis zu Immobilien. Und stets mit Erfolg.

Eines Sonntagnachmittags, es war Dezember, die Luft strahlte vor Helligkeit, traf er sich im Rialto mit Papy Bolingô. Sie bestellten Bier. Und unterhielten sich ohne Eile, *malembelembe*, den ganzen Nachmittag lang, wie in der Hängematte.

Was macht das Leben, Papy?

Lebt so vor sich hin.

Und du, singst du noch?

Weniger, Bruder. Ich bin schon lang nicht mehr aufgetreten. Fofo ist irgendwie seltsam.

Papy Balingô war beim Nationalradio entlassen worden und überlebte mehr schlecht als recht als Alleinunterhalter auf Feierlichkeiten. Ein Cousin, der als Jäger arbeitete, hatte ihm aus dem Kongo ein Zwergflusspferd mitgebracht, das er als Baby im Urwald gefunden hatte, wie es verzweifelt über seine tote Mutter wachte. Der Gitarrist hatte das Tier mit in seine Wohnung genommen und mit der Flasche großgezogen. Hatte ihm beigebracht, Rumba zu tanzen. Seitdem begleitete ihn Fofo, das Flusspferd, bei seinen Auftritten in kleinen Bars in den Außenbezirken Luandas. Kleiner Soba hatte sie schon oft gesehen und war immer beeindruckt gewesen. Leider wurde das Tier allmählich groß. Zwergflusspferde *(Choeropsis liberiensis)* sind im Vergleich zu ihren bekannteren Artgenossen natürlich recht klein, wachsen trotzdem durchaus auf die Größe eines großen Schweins heran. Es gab zunehmend Beschwerden im Haus. Es gab Hunde im Haus. Andere hielten sich auf dem Balkon Hühner. Aber ein Flusspferd hatte außer ihm keiner. Ein Flusspferd, selbst wenn es Künstler war, machte den Leuten Angst. Manche warfen mit Steinen nach ihm, wenn sie es auf dem Balkon sahen.

Für Kleiner Soba war nun der Augenblick gekommen, in dem er sich bei seinem Freund revanchieren konnte.

Was willst du für die Wohnung haben? Ich brauche eine gute Adresse in der Hauptstadt. Und du brauchst ein Grundstück, mehr Platz, um dein Flusspferd großzuziehen.

Papy Bolingô zögerte:

Ich wohne seit Jahren in dieser Wohnung. Ich glaube, ich habe sie inzwischen gern.

Fünfhunderttausend?

Fünfhunderttausend? Fünfhunderttausend was?

Fünfhunderttausend Dollar für deine Wohnung. Mit diesem Geld kannst du ein gutes Stück Land kaufen.

Papy Bolingô lachte vergnügt. Dann sah er das ernste Gesicht seines Freundes und hörte zu lachen auf. Er setzte sich aufrecht hin:

Ich dachte erst, du machst Spaß. Hast du denn so viel Geld?

Habe ich. Und noch ein paar Millionen mehr. Viele Millionen. Es soll kein Freundschaftsdienst sein, sondern eine wunderbare Investition für mich. Euer Haus ist schon ziemlich heruntergekommen, aber mit ein bisschen Farbe und neuen Aufzügen bekommt es wieder den Charme aus der Kolonialzeit. Die ersten Käufer werden nicht lang auf sich warten lassen. Generäle. Minister. Leute, die noch viel mehr Geld haben als ich. Sie werden den Leuten ein Trinkgeld geben, damit sie ausziehen. Wer nicht im Guten geht, wird hinausgeworfen.

So also bekam Kleiner Soba die Wohnung von Papy Bolingô.

Die Blindheit
(und die Augen des Herzens)

Mein Augenlicht verlässt mich allmählich. Wenn ich das rechte Auge schließe, sehe ich nur noch Schatten. Ich verwechsele die Dinge. Ich taste mich nur noch die Wände entlang. Kann nur noch mit Mühe lesen, und das auch nur bei Sonnenlicht und mit immer stärkeren Lupen. Ich lese die Bücher, die ich noch nicht verbrennen wollte, immer und immer wieder. Die schönen Stimmen, die mich all die Jahre begleitet haben, habe ich verbrannt.

Manchmal denke ich: Ich bin verrückt.

Von der Dachterrasse aus sah ich einmal auf dem Balkon nebenan ein Flusspferd tanzen. Ich weiß, das ist Einbildung, aber ich habe es trotzdem gesehen. Wahrscheinlich aus Hunger. Ich habe sehr wenig gegessen in letzter Zeit.

Die Schwäche, die zunehmende Blindheit, all das lässt mich beim Lesen über die Buchstaben stolpern. Ich lese Seiten, die ich so oft schon gelesen habe, und sie sind jetzt anders. Ich mache Fehler beim Lesen, und in den Fehlern entdecke ich die unglaublichsten Wahrheiten. Ich finde mich selbst in den Fehlern.

Einiges wird, wenn man irrt, besser.

Glühwürmchen funkeln durchs Zimmer. Wie eine Qualle schwebe ich durch das leuchtende Zwielicht. Versinke in meinen eigenen Träumen. Vielleicht ist es das, was man Sterben nennt.

Ich war glücklich in dieser Wohnung, an Nachmittagen, an denen die Sonne mich in meiner Küche besuchte. Ich saß am Tisch. Fantasma kam und legte seinen Kopf in meinen Schoß.

Hätte ich noch Platz, Kohle und freie Wände, könnte ich eine allgemeine Theorie des Vergessens schreiben.

Mir wird bewusst, dass ich meine Wohnung zu einem riesigen Buch gemacht habe. Wenn die Bibliothek verbrannt sein wird, wenn ich gestorben sein werde, wird nur noch meine Stimme da sein.

Alle Wände in dieser Wohnung sind mein Mund.

Einer, der Verschwinden sammelt

Zwischen 1997 und 1998 verschwanden fünf Flugzeuge mit insgesamt 23 Besatzungsmitgliedern aus Weißrussland, Russland, Moldawien und der Ukraine vom angolanischen Himmel. Am 25. Mai 2003 verschwand eine Boeing 727 der American Airlines vom Flughafen Luanda und wurde nie wieder gesehen. Zuvor war das Flugzeug 14 Monate lang nicht mehr in der Luft gewesen.

Daniel Benchimol sammelt solche Geschichten über das Verschwinden in Angola. Jede Art von Verschwinden, am liebsten jedoch das von Flugzeugen. Eine Himmelfahrt, wie die von Jesus Christus oder seiner Mutter, ist immer viel spannender, als von der Erde verschlungen zu werden. Zumindest, wenn es nicht metaphorisch gemeint ist. Doch Leute oder Dinge, die wirklich vom Erdboden verschluckt werden, wie anscheinend der französische Schriftsteller Simon-Pierre Mulamba, sind selten.

Der Journalist teilt das Verschwinden nach einer Skala von eins bis zehn ein. Die fünf im Himmel Angolas verschwundenen Flugzeuge haben zum Beispiel nach Benchimol die Kategorie acht. Die Boeing 727 ist ein Verschwinden der Kategorie neun. Auch Simon-Pierre Mulamba.

Mulamba landete am 20. April 2003 in Angola auf Einladung der Alliance Française zu einem Vortrag über Leben und Werk von Léopold Sédar Senghor. Groß gewachsen, distinguiert, trug er stets einen sehr schönen Filzhut in geübter Nachlässigkeit leicht schräg nach rechts geneigt auf dem Kopf. Luanda gefiel ihm. Er war zum ersten Mal in Afrika. Sein Vater, ein auf lateinamerikanische Tänze spezialisierter Tanzlehrer aus Pointe-Noire, hatte ihm von der Hitze, der feuchten Luft, den gefährlichen Frauen in Afrika erzählt, aber nie von der Lebensfülle, dem Wirbel der Emotionen, dem schwindelerregenden Gemisch von Klängen und Gerüchen. An seinem zweiten Abend, unmittelbar nach seinem Vortrag, ließ sich der Schriftsteller von der jungen Architekturstudentin Elizabela Montez auf ein Gläschen in eine der elegantesten Bars auf der Ilha de Luanda einladen. Den dritten Abend verbrachte er Mornas und Coladeras tanzend mit zwei Freundinnen von Elizabela im Garten einer kapverdischen Familie in Chicala. Am vierten Abend verschwand er. Der französische Kulturattaché, der mit ihm zum Essen verabredet war, ließ ihn suchen, in der Lodge, wo er untergebracht war, einer sehr schönen Anlage an der Cuanza-Mündung. Niemand wusste etwas. Über sein Handy war er auch nicht zu erreichen. Das Bett in seinem Zimmer war unberührt, die Laken glatt, und auf dem Kissen lag ein Täfelchen Schokolade.

Daniel Benchimol erfuhr vom Verschwinden des Schriftstellers noch vor der Polizei. Nach nur zwei Telefonanrufen wusste er, wo und mit wem Simon-Pierre seine erste Nacht verbracht hatte. Noch zwei Anrufe, und er wusste, dass der Franzose um fünf Uhr früh beim Verlassen einer Diskothek am Quinaxixe-Platz beobachtet worden war, die von Europäern, minderjährigen Prostituierten und Poeten besucht wurde, deren Durst meistens größer war als ihre Begabung. Noch am selben Abend ging er dorthin. Dicke, schwitzende Männer tranken schweigend. Andere streichelten die nackten Knie von sehr jungen Mädchen. Eines der Mädchen fiel ihm auf. Sie trug einen schwarzen Filzhut mit einem schmalen, roten Band auf dem Kopf. Als er sie ansprechen wollte, hielt ihn ein blonder Kerl, dessen lange, blonde Haare zu einem Pferdeschwanz zusammengebunden waren, am Arm fest:

Queenie gehört zu mir.

Daniel versuchte, ihn zu beruhigen:

Keine Panik. Ich will sie nur etwas fragen.

Wir mögen hier keine Journalisten. Sind Sie Journalist?

Manchmal, mein Freund, aber vom Herzen her bin ich Jude.

Der andere ließ ihn verblüfft los. Daniel grüßte Queenie:

Guten Abend. Ich wollte nur fragen, woher Sie den Hut haben.

Das Mädchen lächelte:

Den hat ein französischer Mulatte hier gestern verloren.

Er hat seinen Hut verloren?

Oder umgekehrt. Vielleicht auch sich selbst, und der Hut hat mich gefunden.

In der Nacht hätte eine Gruppe Straßenkinder den Franzosen beim Verlassen der Diskothek beobachtet, erzählte sie, wie er zum Pinkeln ein paar Meter hinter das Gebäude gegangen sei, und da hätte ihn dann die Erde verschluckt. Nur der Hut sei geblieben.

Ihn hat die Erde verschluckt?

Heißt es jedenfalls, *Kota*. Treibsand vielleicht oder Zauberei, keine Ahnung. Die Jungs haben den Hut mit einem Stock rausgezogen. Ich habe ihn ihnen abgekauft. Jetzt gehört er mir.

Daniel verließ die Diskothek. Zwei Jungs starrten vom Bürgersteig aus auf einen Fernseher in einem Schaufenster. Der Ton gelangte nicht nach draußen, also improvisierten sie die Dialoge der Schauspieler selbst. Der Journalist kannte den Film. Die neuen Dialoge gaben ihm eine völlig neue Handlung. Er blieb einen Moment stehen und schaute ihnen vergnügt zu. In der Werbepause sprach er die Kinder an:

Ein Typ soll hier gestern verschwunden sein. Ein Franzose. Es heißt, die Erde hat ihn verschluckt.

Ja, sagte eines der Kinder: Das kann passieren.

Habt ihr es gesehen?

Nein. Aber Baiacu hat es gesehen.

Noch ein paar Tage lang fragte Daniel unter den Straßenkindern herum, und alle erzählten vom traurigen Ende des Simon-Pierre, als hätten sie es selbst miterlebt. Wenn er nachfragte, mussten sie zugeben, dass sie selbst eigentlich gar nichts mitbekommen hätten. Sicher war nur, dass der französische Schriftsteller nie wieder gesehen wurde. Die Polizei legte den Fall zu den Akten.

Nur ein einziger Fall wird von Benchimol als Kategorie zehn eingestuft. Er war selbst Zeuge dieser außerordentlichen Begebenheit. Am 28. April 1988 schickte ihn die Zeitung, für die er damals schrieb, das *Jornal de Angola*, mit dem berühmten Fotografen Kota Kodak oder kurz KK in einen kleinen Ort namens Nova Esperança. Dort waren angeblich 25 Frauen der Hexerei verdächtigt und ermordet worden. Sie landeten mit einer Linienmaschine auf dem Flughafen von Huambo. Dort erwartete sie schon ein Fahrer, um sie nach Nova Esperança zu bringen, wo sich Daniel mit dem Dorfältesten und mehreren Bewohnern unterhielt. Kota Kodak fotografierte. Als es dunkel wurde, fuhren sie nach Huambo zurück. Am nächsten Morgen wollten sie noch einmal mit einem Armeehubschrauber nach Nova Esperança, doch der Pilot konnte den Ort nicht finden:

Merkwürdig, sagte er angespannt und, nachdem sie schon zwei Stunden am Himmel gekreist waren: Nach den Koordinaten müsste es hier sein, doch da unten ist nichts als Steppe.

Daniel ärgerte sich über die Unfähigkeit des jungen Piloten. Er bat noch einmal den Fahrer vom ersten Mal. KK wollte nicht mehr mit:

Was soll ich da? Wo nichts ist, kann man nichts fotografieren.

Kreuz und quer fuhren sie mit dem Auto durch die Gegend, wie in einem Traum, die ganze unendliche Zeit eines Traums lang, bis schließlich auch der Chauffeur zugeben musste:

Wir haben die Orientierung verloren!

Wir? Das haben Sie ganz alleine geschafft!

Der Mann blickte ihn wütend an, als halte er ihn für schuldig am Irrsinn der Welt:

Diese Wege hier, die sind total besoffen. Und schlug wütend auf sein Lenkrad ein: Ich glaube, wir stecken in einer geografischen Panne!

Dann, hinter einer Kurve, waren sie der Verwirrung, der Illusion plötzlich wieder entronnen, erstaunt und mit schlotternden Knien. Zwar fanden sie Nova Esperança nicht mehr, aber immerhin ein Schild, das sie zurück auf die Straße nach Huambo führte. Dort wartete KK bereits auf sie im Hotel, mit verschränkten Armen über der Hühnerbrust und mit finsterer Miene:

Schlechte Neuigkeiten, mein Freund. Ich habe die Filme entwickelt, und es ist nichts zu erkennen. Man gibt uns nur noch schlechtes Material. Es wird jeden Tag schlimmer.

Bei der Zeitung schien sich wiederum niemand über das

Verschwinden von Nova Esperança zu wundern. Der Redaktionsleiter, Marcelino Assumpção da Boa Morte, lachte los:

Der ganze Ort weg?! In unserem Land ist auch gar nichts mehr sicher. Eines Tages verschwindet noch einmal das ganze Land! Hier ein Dorf, dort ein Dorf, und bevor wir uns versehen, ist nichts mehr da.

2003, nur wenige Wochen nach dem rätselhaften Verschwinden des französischen Schriftstellers Simon-Pierre Mulamba, über das die angolanischen Zeitungen einigermaßen ausführlich berichteten, rief Marcelino Assumpção da Boa Morte Daniel zu sich in sein Büro und reichte ihm einen blauen Umschlag:

Ich habe da was für Sie. Sie sind doch spezialisiert auf Verschwundenes. Lesen Sie mal. Und schauen Sie, ob sich daraus etwas machen lässt.

Der Brief

Sehr geehrter Herr Direktor des Jornal de Angola

Mein Name ist Maria da Piedade Lourenço Dias. Ich bin klinische Psychologin. Vor etwa zwei Jahren entdeckte ich eine schreckliche Wahrheit: Ich bin adoptiert. Meine biologische Mutter gab mich unmittelbar nach der Geburt zur Adoption frei. Da mir dies keine Ruhe ließ, begann ich, nach ihren Gründen dafür zu recherchieren. Ludovica Fernandes Mano, so heißt meine biologische Mutter, wurde im Sommer 1955 von einem Unbekannten brutal vergewaltigt und wurde schwanger. Seit diesem tragischen Ereignis lebte sie im Haus ihrer älteren Schwester Odete, die 1973 einen in Luanda ansässigen Bergbauingenieur namens Orlando Pereira dos Santos heiratete.

Nach der Unabhängigkeit kehrten sie nicht nach Portugal zurück. Das portugiesische Konsulat in Luanda verfügt ebenfalls über keinerlei Informationen. Daher erlaube ich mir, diese Zeilen an Sie zu richten, mit der Bitte, mich bei meiner Suche nach Ludovica Fernandes Mano zu unterstützen.

Mit freundlichen Grüßen
Maria da Piedade Lourenço

Fantasmas Tod

Fantasma starb im Schlaf. Seit Wochen schon hatte er wenig gegessen – es gab ja auch kaum noch etwas –, was zumindest erklären würde, warum er überhaupt so alt wurde. Laborversuche zeigen, dass Ratten, denen man weniger Kalorien zuführt, signifikant länger leben.

Als Ludo erwachte, war der Hund tot.

Sie setzte sich auf die Matratze vor das geöffnete Fenster und umklammerte ihre abgemagerten Knie. Sie hob ihre Augen zum Himmel, wo sich allmählich vereinzelte, zartrosa Wolken abzeichneten. Auf der Terrasse gackerten die Hühner. Aus einem der Stockwerke unter ihr war Kinderweinen zu hören. Ludo spürte eine anschwellende Leere in ihrer Brust. Etwas entwich ihr, wie eine dunkle Substanz, und ergoss sich wie Wasser aus einem geborstenen Krug über den kalten Zement. Sie hatte das einzige Wesen verloren, das sie auf der Welt je geliebt hatte, und nun hatte sie keine Tränen mehr, um zu weinen.

Sie stand auf, suchte nach einem Stück Kohle, spitzte es an und machte sich über eine der letzten noch sauberen Wände im Gästezimmer her.

Heute Nacht ist Fantasma gestorben. Von nun an ist alles sinnlos. Sein Blick schmeichelte mir, er war meine Erklärung und hielt mich am Leben.

Sie stieg ohne den schützenden Pappkarton auf die Terrasse. Oben machte sich schon der Tag als lauwarmes Gähnen breit. Möglicherweise war Sonntag. Die Straßen fast menschenleer. Unten sah sie eine Gruppe Frauen gehen, makellos weiß gekleidet. Eine von ihnen hob freundlich die rechte Hand zum Gruß, als sie Ludo sah.

Sie wich zurück.

Und wenn sie springen würde?, dachte sie. Einen Schritt vor. Auf die Umrandung steigen. Ganz einfach.

Die Frauen dort unten würden sie kurz erblicken – wie einen federleichten Schatten –, wie sie einen Moment schwebte und dann fiel. Sie wich zurück, immer weiter zurück, eingeschüchtert vom Blau, der Unermesslichkeit, von der Sicherheit, dass sie weiterleben würde, selbst ohne einen Sinn im Leben.

Der Tod kreist mich ein, fletscht die Zähne und knurrt. Ich knie mich hin und biete ihm meinen unbedeckten Hals dar. Komm, komm, komm jetzt, du Freund. Beiß mich. Lass mich gehen. Heute bist du gekommen und hast mich vergessen _ _
_ _ _ _ _ _ _ _ _ _ _ _ _ _Die Nacht. Wieder ist Nacht.

Ich zähle mehr Nächte als Tage _ _ _ _ _

Die Nächte, natürlich, das Rufen der Frösche. Ich öffne das Fenster und sehe den See.

Die Nacht ausgebreitet auf zwei_ _ _ _ _ _ _ _ _ _

Es regnet, es läuft alles über. Nachts ist es, als sänge die Dunkelheit. Die Nacht steigt und wirft Wellen, verschlingt die Gebäude. Ich muss wieder an die Frau denken, der ich die Taube zurückgegeben habe. Groß, knochige Wangen, mit der leichten Verachtung, mit der schöne Frauen sich in der Welt bewegen. Wie sie durch Rio de Janeiro, am See entlanggeht (ich habe Fotografien gesehen, in der Bibliothek gab es mehrere Bildbände über Brasilien). Fahrradfahrer kommen ihr entgegen. Wessen Blick auf ihr ruht, der kommt nie mehr zurück. Sie heißt Sara. Ich nenne sie Sara. Sie kommt mir vor wie aus einem Gemälde von Modigliani.

Von Gott

und anderen kleinen Abschweifungen

Es scheint mir leichter, an Gott zu glauben, selbst wenn dies unsere begrenzte Wahrnehmungsfähigkeit übersteigt, als an die überhebliche Menschheit. Jahrelang habe ich mich aus reiner Trägheit als gläubig bezeichnet. Es wäre zu schwierig gewesen, Odete und den anderen meine Ungläubigkeit zu erklären. Auch an die Menschen habe ich nie geglaubt, doch das wird einfacher akzeptiert. In den letzten Jahren ist mir klar geworden, dass man an den Menschen glauben muss, um an Gott glauben zu können. Es gibt keinen Gott ohne Menschen.

Ich glaube immer noch nicht. Weder an Gott noch an die Menschen. Seit Fantasma gestorben ist, bete ich Ihn an. Ich rede mit Ihm. Glaube, dass Er mich hört. Ich glaube daran nicht wegen der Vorstellungskraft noch viel weniger aus Vernunft, sondern aus etwas heraus, das man Unvernunft nennen könnte.

Unterhalte ich mich mit mir selbst?

Möglich. Wie übrigens auch alle Heiligen, die sich damit rüh-
men, mit Gott zu sprechen. Nur weniger größenwahnsinnig.
Wenn ich mit mir selbst rede, glaube ich, mit der guten Seele
eines Hundes zu sprechen. Immerhin tut es mir gut.

Exorzismus

ich schmiede verse
kurz
wie gebete

worte sind heere
verstoßener
dämonen

ich trenne adverbien,
pronomen

statt pulsadern

Wie Ludo Luanda rettete

An der Wohnzimmerwand hing ein Aquarell, das eine Gruppe tanzender Mucubal zeigte. Ludo hatte den Künstler gekannt, einen lustigen Gesellen namens Alano Neves e Sousa, ein Freund ihres Schwagers. Anfangs hatte sie das Bild gehasst. Es stellte alles dar, was sie an Angola fürchtete: Wilde, die etwas feierten – Freude, eine glückliche Fügung –, die ihr nicht vergönnt war. Mit der Zeit hatte sie in den langen Monaten der Stille und Einsamkeit diese Figuren, die sich um ein Feuer herum bewegten, als verdiente das Leben an sich diese Anmut, sehr lieb gewonnen.

Sie hatte die Möbel verbrannt, Tausende Bücher, die Bilder. Erst als sie tatsächlich verzweifelt war, nahm sie auch die Mucubal-Tänzer herunter. Sie wollte auch den Nagel ausreißen, aus ästhetischen Gründen, und weil er ihr an dieser Stelle nun falsch und vergeblich vorkam. Doch dann kam ihr der Gedanke, dieses winzige Stück Metall könne womöglich die Wand halten. Am Ende das ganze Haus. Vielleicht stürzte, wenn sie den Nagel aus der Wand risse, die ganze Stadt ein.

Sie ließ ihn stecken.

Erscheinungen und ein fast tödlicher Sturz

Der November verging wolkenlos. Auch der Dezember. Als der Februar kam, knisterte die Luft vor Trockenheit. Ludo sah den See versiegen. Erst wurde er dunkler, dann färbte sich das Gras golden, wurde fast weiß, und in der Nacht blieb das Gezeter der Frösche aus. Sie zählte ihre Wasserflaschen. Es waren nur noch wenige. Die Hühner, die sie aus dem Morast im Schwimmbecken tränkte, wurden krank und verendeten. Mais und Bohnen waren noch da, aber zum Kochen brauchte es Wasser, und das war knapp.

Sie hungerte wieder. Eines Morgens stand sie geschüttelt von Albträumen auf, taumelte in die Küche, und auf dem Tisch lag ein Brot:

Ein Brot!

Ungläubig hielt sie es in beiden Händen.

Sie roch an ihm.

Der Duft des Brotes erinnerte sie an ihre Kindheit. Am Strand, ihre Schwester und sie, wie sie sich ein Butterbrot teilten. Sie biss hinein. Sie bemerkte erst, dass sie weinte, als sie alles aufgegessen hatte. Dann setzte sie sich zitternd hin.

Wer hatte ihr dieses Brot gebracht?

Hatte es jemand durchs Fenster geworfen? Sie stellte sich einen breitschultrigen jungen Mann vor, der ein Brot in den Himmel wirft. Wie das Brot langsam einen Bogen fliegt und auf ihrem Tisch landet. Vielleicht hatte jemand dieses Brot vom vertrockneten See aus in die Luft geworfen, als Teil eines mysteriösen Rituals, einer Bitte um Regen. Ein im Brotwerfen begnadeter *Quimbandeiro*, denn die Entfernung war ja beträchtlich. Am Abend ging sie früh schlafen und träumte von einem Engel, der sie besuchen kam.

Am Morgen fand sie auf dem Küchentisch sechs Brote, eine Dose Guavenmus und eine große Flasche Coca Cola. Ludo setzte sich mit rasendem Herzen hin. Jemand ging in ihrer Wohnung ein und aus. Sie stand auf. Ihr Augenlicht war in letzter Zeit immer schlechter geworden, und ab einer gewissen Uhrzeit, wenn es dunkler wurde, orientierte sie sich nur noch aus der Erinnerung. Sie ging auf die Terrasse, nach rechts, entlang der einzig fensterlosen Hauswand, weil gegenüber, nur wenige Meter entfernt, schon das nächste Haus stand. Sie beugte sich über den Rand und entdeckte am Nachbargebäude ein Baugerüst, das sich auch an ihr Haus stützte. Darüber also war der Eindringling gekommen. Sie stieg wieder die Treppen hinab, und weil es schon düster war oder aus Unvorsichtigkeit, übersah sie eine Stufe und stürzte. Sie wurde ohnmächtig. Als sie wieder zu sich kam, merkte sie, dass ihr rechter Oberschenkel gebrochen war. So also wird es sein, dachte sie. Nicht an einer seltsamen afrikanischen Epidemie werde ich sterben, weder an Langeweile oder Erschöpfung, noch werde ich von einem Einbrecher getötet, sondern an dem bekanntesten aller physikalischen Gesetze: *Zwei Körper mit den Massen m1 und m2, die sich in einer Entfernung r zueinander befinden, ziehen sich gegenseitig mit einer Kraft an, die proportional zur Masse der jeweiligen Körper ist sowie umgekehrt proportional zum Quadrat der Entfernung zwischen beiden Körpern.* Was sie gerettet hatte, war ihre inzwischen geringe Masse. Zwanzig Kilo mehr, und der Aufprall hätte sie ausgelöscht. Der Schmerz schoss ihr ins Bein, lähmte ihre rechte Seite und ließ sie nicht mehr klar denken. Lange Zeit blieb sie regungslos liegen. Draußen wand sich die Nacht würgend um dürre Akazien auf Straßen und Plätzen wie eine Boa Constrictor. Der Schmerz bellte, der Schmerz biss. Ihr Mund war ausgetrocknet. Sie versuchte, ihre Zunge auszuspucken, wie etwas, das nicht zu ihr gehörte, ein Stück Kork in der Kehle. Sie dachte an die Cola, die Wasserflaschen in ihrer Speisekammer. Nur fünfzehn Meter musste sie sich voranschleppen. Sie streckte die Arme aus, krallte sich in den Zement, hob ihren Körper an. Es war, als würde man ihr mit einer Axt die Beine durchtrennen. Sie jaulte auf. Und erschrak vor ihrem eigenen Jaulen.

Ich habe das ganze Haus aufgeweckt, flüsterte sie.

Tatsächlich war nebenan Kleiner Soba erwacht. Der Unternehmer hatte von Kianda geträumt. Seit einigen Tagen schon immer derselbe Traum. Er trat hinaus auf den Balkon, es war tiefe Nacht, und sah mitten im See ein Licht funkeln. Das Licht wuchs zu einem geschwungenen, musikalischen Regenbogen an, und Kleiner Soba spürte, wie sein Körper ganz leicht wurde. Er wachte jedes Mal auf, wenn das Licht auf ihn zukam. Dieses Mal war er früher erwacht, weil das Licht aufgeschrien hatte oder er glaubte, das Licht hätte geschrien, in einer plötzlichen Eruption von Morast und Fröschen. Er setzte sich auf die Bettkante, schwer atmend, und sein Herz raste. Er musste an die Zeit denken, in der er in diesem Zimmer gefangen gewesen war. Da hatte er manchmal einen Hund bellen gehört. Oder eine Frauenstimme, die leise ein altes Lied sang.

In dem Haus spukt es, hatte Papy Balingô ihm versichert: ein Hund, aber niemand hat ihn je gesehen. Wie ein Gespenst. Man sagt, er kann durch Wände gehen. Du musst dich in Acht nehmen, wenn du schläfst. Der Hund geht durch Wände, kommt bellend auf dich zu, wau, wau, wau, aber du siehst ihn nicht, hörst ihn nur bellen, dann dringt er in deine Träume ein. Du fängst an, vom Bellen zu träumen. Im Stockwerk unter uns ist einmal ein junger Kunsthandwerker namens Eustákio aufgewacht und hat kein Wort mehr herausgebracht. Er hat nur noch gebellt. Sie brachten ihn zu einem bekannten traditionellen Heiler, der fünf Tage gebraucht hat, um den Hundegeist und das Bellen aus seinem Kopf zu vertreiben.

Kleiner Soba wunderte sich auch über die Architektur des Gebäudes. Diese Wand mitten im Flur gab ihm Rätsel auf. In den anderen Stockwerken war da keine Wand. Es musste doch noch eine Wohnung in dieser Etage geben. Aber wo?

Auf der anderen Seite der Wand mühte sich Ludo, bis zur Küche zu gelangen. Mit jedem Zentimeter schien sie sich mehr von sich selbst zu entfernen. Beim ersten Morgenlicht war sie noch immer im Wohnzimmer, noch gut zwei Meter von der Tür entfernt. Sie glühte vor Fieber. Der Durst quälte sie noch heftiger als das Fieber. Gegen zwei Uhr nachmittags war sie endlich an der Küchentür. Und brach zusammen. Als sie wieder erwachte, sah sie die Umrisse eines Gesichts. Sie hob ihre Hände und rieb sich die Augen. Das Gesicht war immer noch da. Es war ein Junge. Zumindest sah das Gesicht aus wie ein Jungengesicht mit zwei großen, erstaunten Augen:

Wer bist du?

Ich heiße Sabalu.

Bist du über das Gerüst reingekommen?

Ja, ich bin das Gerüst hochgestiegen. Sie haben am Haus nebenan ein Gerüst aufgebaut. Es wird neu gestrichen. Es reicht fast bis zu deiner Terrasse hoch. Dann habe ich ein paar Kisten übereinandergestapelt und bin hochgeklettert. Es war nicht so schwierig. Bist du gestürzt?

Wie alt bist du?

Sieben. Wirst du sterben?

Ich weiß nicht. Ich dachte, ich sei schon längst tot. Wasser. Hol mir Wasser.

Hast du Geld?

Ja. Ich gebe dir mein ganzes Geld, aber hol mir Wasser.

Der Junge stand auf. Er schaute sich um.

Nein, hier ist fast gar nichts. Nicht einmal Möbel. Du bist wahrscheinlich noch ärmer als ich. Wo hast du das Geld?

Wasser!

Ja, Oma, beruhige dich, ich hole dir Sprudel.

Er holte die Coca-Cola-Flasche aus der Küche. Ludo trank gierig aus dem Flaschenhals. Sie wunderte sich über die Süße. Seit Jahren schon hatte sie keinen Zucker mehr geschmeckt. Sie sagte dem Jungen, er solle ins Schreibzimmer gehen und die Tasche suchen, in der sie ihr Geld aufbewahrte. Sabalu kam lachend zurück und warf mit den Geldscheinen um sich.

Das ist kein Geld mehr, Oma, das ist nichts mehr wert.

Ich habe Silberbesteck. Nimm einfach das Silber mit.

Der Junge lachte:

Das habe ich schon, hast du das nicht gemerkt?

Nein. Also, du warst das, der mir gestern das Brot gebracht hat?

Vorgestern. Willst du nicht einen Arzt rufen?

Ich will nicht!

Ich kann auch einem Nachbarn Bescheid sagen. Du hast doch bestimmt Nachbarn.

Nein, nein! Ruf niemanden.

Magst du keine Leute? Ich auch nicht.

Ludo begann zu weinen:

Geh bitte. Geh!

Sabalu stand auf:

Wo ist denn die Tür?

Es gibt keine Tür. Geh so, wie du gekommen bist.

Sabalu nahm seinen Rucksack und verschwand. Ludo holte tief Luft. Lehnte sich gegen die Wand. Der Schmerz hatte nachgelassen. Vielleicht hätte sie den Jungen doch einen Arzt rufen lassen sollen. Dann fiel ihr ein, dass mit dem Arzt wohl die Polizei kommen würde, Journalisten, und auf ihrer Terrasse lag doch ein Skelett. Lieber starb sie hier in ihrer Wohnung gefangen, aber frei, wie sie die letzten dreißig Jahre gelebt hatte.

Frei?

Oft, wenn sie auf die Menschenmassen heruntergeschaut hatte, die sich unablässig auf das Gebäude zubewegten, dieses gewaltige Kreischen von Hupen und Pfeifen, das Geplärr und Gejammer und Fluchen, stieg in ihr ein Gefühl des Entsetzens auf, ein Gefühl des Umzingeltseins und der Bedrohung. Jedes Mal, wenn sie das Bedürfnis nach draußen verspürte, nahm sie sich eines der Bücher aus der Bibliothek. Jedes Mal, wenn sie ein Buch verbrannte, nachdem schon alle Möbel, die Zimmertüren, das Parkett verbrannt waren, hatte sie das Gefühl, ein Stück Freiheit mehr zu verlieren. Als legte sie Feuer an eine Welt. Als Jorge Amado verbrannt war, konnte sie nicht mehr nach Ilhéus und São Salvador, mit dem *Ulysses* von James Joyce war für sie Dublin verloren. Nachdem *Drei traurige Tiger* fort waren, sah sie das alte Havanna in Flammen aufgehen. Kaum mehr hundert Bücher waren noch übrig, und die hatte sie eher aus Trotz behalten, als um sie tatsächlich zu lesen. Ihre Augen waren schon so schlecht, dass sie selbst mit der riesigen Lupe, selbst wenn sie das Buch in die pralle Sonne legte, ins Schwitzen geriet, wie in einer Sauna, und für eine einzige Seite den ganzen Nachmittag brauchte. Vor ein paar Jahren hatte sie angefangen, ihre Lieblingssätze aus den Büchern, die ihr noch geblieben waren, in riesigen Lettern auf die noch freien Wände zu schreiben. Nicht mehr lang, dachte sie, dann bin ich tatsächlich gefangen. Ich will nicht in einem Gefängnis leben. Sie schlief ein. Sie wurde von einem schüchternen Lachen geweckt. Der Junge stand wieder vor ihr als schlanker Schatten im tosenden Licht der untergehenden Sonne.

Was ist denn jetzt noch? Du hast das Besteck doch schon mitgenommen. Ich habe nichts mehr.

Sabalu lachte noch einmal:

He, Oma! Ich dachte schon, du wärst tot.

Er stellte seinen Rucksack zu ihren Füßen ab:

Ich habe Medikamente gekauft. Viele. Sie werden dir helfen. Er setzte sich auf den Boden: Ich habe auch noch Coca

Cola gekauft. Und Essen, gebratenes Hühnchen. Hast du Hunger?

Sie aßen dort, wo sie gerade saßen, teilten das Brot und das Hühnchen. Sabalu zeigte ihr die Medikamente, die er mitgebracht hatte, Schmerzmittel, Entzündungshemmer:

Ich war auf dem Roque-Santeiro-Markt. Ich habe mit so einem Onkel gesprochen. Habe ihm erzählt, mein Vater hätte meine Mutter geschlagen, und ihr Arm sei gebrochen und sie würde sich nicht trauen, zum Arzt zu gehen. Da hat er mir das alles hier verkauft. Ich habe es mit dem Geld von deinem Besteck bezahlt. Es ist noch viel übrig. Kann ich bei dir übernachten?

Sabalu half der alten Frau auf, half ihr ins Zimmer und bettete sie auf die Matratze. Dann legte er sich neben sie und schlief ein. Am nächsten Morgen ging er zum Markt und kam schwer bepackt mit Gemüse, Obst, Streichhölzern, Salz, unterschiedlichen Gewürzen und zwei Kilo Rindfleisch zurück. Auch einen tragbaren Campingkocher und eine kleine Flasche Butangas hatte er dabei. Er bereitete auf dem Zimmerboden nach Ludos Anweisung das Essen zu. Dann aßen sie mit Appetit. Nachdem der Junge abgespült und das Geschirr weggeräumt hatte, streifte er neugierig durch die Wohnung.

Du hast viele Bücher.

Viele? Ich hatte früher mal viele Bücher. Jetzt sind es fast keine mehr.

So viele habe ich noch nie gesehen.

Kannst du lesen?

Ich kann ein paar Buchstaben. Ich war nur in der ersten Klasse.

Soll ich es dir beibringen? Ich bringe dir Lesen bei, und dann liest du mir vor.

Während Ludo gesund wurde, lernte Sabalu lesen.

Sie brachte ihm auch Schachspielen bei. Der Junge fand Gefallen daran. Während sie spielten, erzählte er ihr von dem Leben draußen. Für Ludo war es, als würde ein Außerirdischer von einem entfernten Planeten erzählen. Eines Nachmittags sah Sabalu, wie das Gerüst abgebaut wurde.

Wie soll ich jetzt wieder rauskommen?

Ludo erschrak.

Ich weiß es nicht!

Wie bist du eigentlich hier reingekommen?

Ich bin nicht reingekommen. Ich lebe schon immer hier.

Der Junge schaute sie erstaunt an. Ludo kapitulierte. Sie führte ihn bis zur Wohnungstür, öffnete sie und zeigte ihm draußen die Wand, die sie selbst einmal gebaut hatte, vor dreißig Jahren, um ihre Wohnung vom übrigen Haus abzutrennen:

Drüben, auf der anderen Seite der Mauer, ist die Welt.

Darf ich sie einreißen?

Du darfst, aber ich habe Angst. Große Angst.

Du brauchst keine Angst haben, Oma. Ich passe auf dich auf.

Der Junge holte eine Spitzhacke und schlug mit ein paar Dutzend Schlägen ein Loch in die Mauer. Als er hinausschaute, erblickte er auf der anderen Seite das versteinerte Gesicht von Kleiner Soba:

Wer bist du?

Sabalu erweiterte das Loch mit zwei Schlägen und stellte sich vor:

Ich heiße Sabalu Estevão Capitango, alter Mann. Und zur Zeit beschäftige ich mich damit, diese Wand zu beseitigen.

Der Unternehmer klopfte sich den Staub von der Jacke. Dann trat er zwei Schritte zurück.

Caramba! Von welchem Planeten kommst du denn?

Der Junge hätte sich der genialen Antwort der Sängerin Elza Soares bedienen können, die zu Beginn ihrer Laufbahn, mit dreizehn Jahren, mager und ärmlich gekleidet, auf die genau so lautende Frage von Ary Barroso (hinten machte das Publikum sich über sie lustig, zu Hause lag eines der Kinder im Sterben): *Vom Planeten Hunger*. Doch Sabalu hatte noch nie von Elza Soares gehört, auch nicht von Ary Barroso, sodass er nur mit den Schultern zuckte und lächelnd erwiderte:

Wir wohnen hier.

Wir?

Meine Oma und ich.

Ihr wohnt hier? Da drüben ist eine Wohnung?

Ja.

Und seit wann wohnt ihr da?

Immer schon.

Aha? Und wie seid ihr da immer rausgegangen?

Wir sind nie rausgegangen. Wir haben da nur gewohnt. Aber jetzt wollen wir auch mal rausgehen.

Kleiner Soba schüttelte verwirrt den Kopf:

Gut, gut. Dann reiß mal die Wand ein, und dann machst du den Flur sauber. Ich will hier kein Stäubchen mehr sehen, okay? Das ist hier kein Musseque mehr. Das ist jetzt ein vornehmes Haus, ehrwürdig, wie damals zu Kolonialzeiten.

Er ging wieder in seine Wohnung zurück, in die Küche, und nahm sich ein Bier aus dem Kühlschrank. Zum Trinken ging er auf den Balkon. Manchmal überkam ihn ein Anflug von Sehnsucht nach damals, als er noch als Irrer die Zeit tanzend auf der Straße verbracht hatte. Die Welt unter freiem Himmel hatte keine Probleme mit Rätseln gehabt. Alles war ihm damals so strahlend und klar vorgekommen, sogar Gott, der ihm in unterschiedlicher Gestalt oft erschienen war, abends zu einem gemütlichen Plausch.

Mutiati Blues

Die Kuvale dürften derzeit nur noch wenig mehr als 5000 Personen sein, doch sie bevölkern ein großes Gebiet: mehr als die Hälfte der Provinz Namibe. Sie sind ein für ihre Begriffe wohlhabendes Volk, denn sie haben genügend Rinder. Ihre Gebiete waren, mit Ausnahme des Nordostens, kaum von direkten Kriegshandlungen betroffen, es hat in den vergangenen Jahren geregnet, zumindest ausreichend, um den Rinderbestand zu erhalten (es gab sogar regelrecht gute Jahre und schon lange kein ausgesprochen schlechtes mehr), und doch bringt die Situation in Angola sie Jahr für Jahr in eine prekäre Ernährungslage. Es gelingt ihnen nicht, ihre Rinder für Mais zu verkaufen. Dieser Gegensatz, viele Rinder und doch großer Hunger, ist ein weiteres Merkmal ihrer Besonderheit. Aber ist es nicht auch charakteristisch für Angola? So viel Erdöl ...?

Ruy Duarte de Carvalho in: *Aviso à Navegação – olhar sucinto e preliminar sobre os pastores kuvale*, Luanda, INALD 1997.

Der Detektiv ging in die Hocke. Er schaute dem Alten, der ihm sehr aufrecht gegenübersaß, fest in die Augen. Die Helligkeit störte ihn, sie hinderte ihn daran, klar zu sehen. Er wandte sich wieder an den Führer.

Der Alte. Das ist doch ein Mischling?

Der Führer lächelte. Die Frage schien ihn verlegen zu machen:

Kann sein. Irgendein Weißer, der vielleicht mal vor siebzig Jahren hier war. So etwas kommt vor. Heute noch. Die bieten Besuchern ihre Frauen an, wussten Sie das nicht?

Ich habe davon gehört.

Das tun sie. Aber wenn die Frau nicht will, ist es auch in Ordnung, sie zwingen sie nicht. Die Frauen hier haben mehr Macht, als man denkt.

Das glaube ich. Hier und auch sonst überall. Letztendlich haben die Frauen die Macht. Er wandte sich an den Alten: Sprechen Sie Portugiesisch?

Der Angesprochene fuhr sich mit der rechten Hand über den Kopf, auf dem er eine Art Mütze mit roten und gelben Streifen trug, sehr schön. Er schaute Monte direkt in die Augen, stumm, und als wollte er ihn herausfordern, dann öffnete er seinen fast zahnlosen Mund und lachte kurz auf. Ein sanftes Lachen, das sich wie Staub in der hellen Luft verlor. Ein Bursche, der neben ihm saß, sagte etwas zu dem Führer. Der übersetzte:

Er sagt, dass der Alte nicht spricht. Gar nicht.

Monte stand auf. Er wischte sich mit dem Hemdsärmel den Schweiß von der Stirn:

Er erinnert mich an einen, den ich vor vielen Jahren mal gekannt habe. Er ist gestorben. Schade, denn ich hätte große Lust, ihn noch einmal zu töten. Jetzt, da ich alt bin, überfallen mich die Erinnerungen, unglaublich genaue Erinnerungen an früher. Als blätterte jemand in meinem Kopf nur so zum Vergnügen in einem alten Fotoalbum.

Stundenlang waren sie schon entlang eines ausgetrockneten Flussbetts unterwegs. Monte war von einem General beauftragt worden, einem Gefährten aus früheren Zeiten, der in der Nähe ein riesiges Areal gekauft und seiner Tochter geschenkt hatte. Diese hatte einen festen Zaun um das Land ziehen lassen und damit die traditionellen Wanderwege der Mucubal unterbrochen. Es war zu Schusswechseln gekommen. Ein Hirte war verletzt worden. Am nächsten Abend hatten junge Mucubal den Hof überfallen und einen vierzehnjährigen Jungen, den Enkel des Generals, mitgenommen sowie an die zwanzig Stück Vieh.

Monte ging zwei Schritte auf den Alten zu:

Kann ich mal Ihr Handgelenk sehen? Das rechte?

Der Alte war mit einem einfachen, rot und orangefarben gemusterten Tuch bekleidet, an der Hüfte zusammengebunden. Dutzende Ketten schmückten seinen Hals. An den Handgelenken funkelten breite Kupferarmbänder. Monte fasste seinen Arm. Er wollte gerade die Armbänder hochschieben, als ihn ein kräftiger Faustschlag zu Boden streckte. Der Junge, der neben dem Alten gesessen hatte, war aufgesprungen und hatte ihm seine Faust in den Brustkorb gerammt. Der Detektiv fiel hin, drehte sich schnell um und kroch ein paar Meter auf allen vieren davon, hustend, nach Luft und nach Fassung ringend. Hinter ihm entbrannte eine heftige Diskussion. Schließlich kam er wieder auf die Beine. Die Leute waren auf den Tumult aufmerksam geworden. Aus dem strahlenden Nachmittag tauchten wie von Zauberhand junge Männer mit rostfarben glänzender Haut auf und stellten sich rund um den Alten auf. Sie schwenkten lange Stöcke. Bewegten sich wie zum Tanz. Sprangen in die Höhe und stießen Schreie aus. Der Führer wich entsetzt zurück.

Das hier wird jetzt ungemütlich, *Kota*. Lass uns verschwinden!

Wieder in Luanda, an einem Kneipentisch zwischen zwei Schlucken eiskalten Biers, fasste Monte seine demütigende Niederlage in einem vielleicht nicht feinsinnigen, doch äußerst treffenden Bild zusammen:

Sie haben uns wie die Hunde verscheucht. Ich habe so viel Staub fressen müssen, dass ich heute noch Backsteine scheiße.

Ein Verschwinden (fast sogar noch eines) wird aufgeklärt, oder wie sich, frei nach Marx, alles Bestehende in Luft auflöst

Magno Moreira Monte erwachte an einem düste-ren Morgen und fühlte sich wie ein Fluss, dem die Mündung abhandengekommen ist. Draußen verdampfte ein lauwar-mer Regen. Auf der Bettkante kämmte sich, in Pantoffeln und Schlüpfer, seine Frau.

Es ist aus, sagte Monte: Ich kann nicht mehr.

Maria Clara schaute ihn mütterlich an:

Umso besser, mein Schatz. Dann können wir jetzt glück-lich sein.

Das war 2003. Die neue Ausrichtung der Partei ärgerte ihn. Er wollte sich nicht mit der Preisgabe der alten Ideale abfinden, mit der Kapitulation vor der Marktwirtschaft, der Annäherung an die kapitalistischen Mächte. Er quit-tierte den Dienst bei der Staatssicherheit und fing als Pri-vatdetektiv noch einmal neu an. Seine Kunden kamen auf Empfehlung gemeinsamer Freunde zu ihm, auf der Suche nach Auskünften über konkurrierende Firmen, nach un-terschlagenen Summen oder verschwundenen Personen. Auch verzweifelte Frauen suchten ihn auf, um dem treulosen Ehemann etwas nachweisen zu können, oder Ehemänner, die ihm beträchtliche Summen anboten, damit er die Ehefrau überwachte. Diese Art Tätigkeit, die er verächtlich «Bettgeschichten» nannte, nahm Monte nie an. Er verwies sie an andere.

Eines Nachmittags stand die Frau eines berühmten Unternehmers in seinem Büro. Sie nahm Platz, schlug ihre atemberaubenden Beine übereinander, wie Sharon Stone in *Basic Instinct*, und hauchte ihm dann entgegen:

Ich will, dass Sie meinen Mann töten.

Wie bitte?

Hauptsache langsam. Ganz langsam.

Monte beugte sich in seinem Bürosessel vor, schaute sie lange ohne ein Wort an, in der Hoffnung, sie würde nachgeben. Doch die Frau schaute nicht weg.

Ich gebe Ihnen einhunderttausend Dollar.

Der Detektiv kannte den Unternehmer, einen skrupellosen Opportunisten, der noch zu marxistischen Zeiten begonnen hatte, in die eigene Tasche zu wirtschaften und sich an öffentlichen Aufträgen zu bereichern.

Das ist viel Geld für so wenig Arbeit.

Also tun Sie es?

Warum wollen Sie ihn töten?

Seine Seitensprünge. Ich habe sie satt. Ich will, dass er tot ist. Nehmen Sie an?

Nein.

Nicht?

Nein. Das mache ich nicht. Ich würde ihn, ohne mit der Wimper zu zucken, umbringen, sogar mit einer gewissen Genugtuung, erst recht, wenn es langsam sein soll, aber Sie haben mir nicht das richtige Motiv geliefert.

Wütend war die Frau gegangen. Ein paar Wochen später berichteten alle Zeitungen über den Tod des Unternehmers. Er war erschossen worden, als er sich bei einem Überfall auf sein Auto zur Wehr setzte.

Noch heute kann sich Monte nicht eines Lächelns erwehren, wenn es um das Verschwinden von Simon-Pierre Mulamba geht. Doch wer ihn sieht, deutet dieses Lächeln meist falsch. Es ist nicht das gütige Lächeln eines gelernten Marxisten und geborenen, ausgebildeten Skeptikers über den Aberglauben der Leute. Damals hatte ihn der Verlauf der Operation sogar mächtig geärgert, deren Endergebnis, trotz all der Verwicklungen, sogar durchaus nach seinem Geschmack gewesen war. Er konnte Fehler nicht ausstehen. Eigene nicht und erst recht nicht die anderer. Letztendlich hatte er daraufhin um seine Entlassung gebeten. Es war der Tropfen gewesen, der das Fass meiner unendlichen Geduld zum Überlaufen gebracht hatte, erklärte er einem Freund. Es war kurz nach dem Krieg. In Luandas Hotels gaben sich Unternehmer aus Portugal, Brasilien, Südafrika, Israel oder China auf der Jagd nach dem schnellen Geld in dem Land, das in frenetischem Wiederaufbau begriffen war, die Klinke in die Hand. Von oben – aus irgendeinem pompösen, klimatisierten Büro – war die Anweisung gekommen, den Journalisten Daniel Benchimol zum Schweigen zu bringen, der sich auf mysteriöse Verschwundenenfälle spezialisiert hatte. Seit Wochen befragte Benchimol schon Piloten, Mechaniker, Unternehmer, Prostituierte, Straßenverkäuferinnen, Politiker der Opposition und der Regierungspartei, also letztendlich alle über den Verbleib einer verschwundenen Boeing 727. Das Flugzeug, 45 Tonnen Metall, war eines Morgens einfach nicht mehr da, und kein Mensch konnte sich dieses Wunder erklären.

Alles Ständische und Stehende verdampft, brummte Monte in Anlehnung an Marx und meinte damit, genauso wie Marx, weniger das Flugzeug, als vielmehr den Kapitalismus, der in Angola wie Schimmel in Trümmern bereits jetzt alles verrotten ließ, alles zersetzte und damit sein eigenes Ende einläutete.

Monte kannte den Journalisten. Ein aufrechter Typ seiner Meinung nach und ein echter Idealist, der anders als viele andere seine Seele nicht dem Teufel andiente. Seine Reportagen, stets gewürzt mit einer Prise Humor, störten und verstörten die neue Bourgeoisie. Er stammte von marokkanischen Juden ab, die, seit Mitte des 19. Jahrhunderts in Benguela ansässig, sich assimiliert hatten und zum Christentum konvertiert waren. Sein Großvater Alberto Benchimol war ein beliebter und angesehener Arzt und

hatte der Kuribeka, dem angolanischen Ableger der Frei-
maurer, angehört. Der Begriff stammt aus dem Ovim-
bundo und bedeutet so viel wie sich vorstellen, anbieten.
Die Kuribeka entstand um die 1860er-Jahre mit Logen in
Benguela, Catumbela und Mossâmedes und scheint den
Anstoß zu mehreren nationalistischen Aufständen gegeben zu haben. Sein Enkel hatte von dem Alten die Impulsi-
vität und die Aufrichtigkeit geerbt, Eigenschaften, die
Monte schätzte. Als er die Anweisung bekam, ihn zum
Schweigen zu bringen, konnte der Detektiv seine Empörung nicht zügeln:

Dieses Land steht kopf. Die Gerechten zahlen die Zeche
für die Verbrecher.

Dass er dies laut und deutlich vor zwei Generälen gesagt
hatte, war ihm nicht gut bekommen. Einer der beiden hatte
sich aufgeregt:

Die Welt ändert sich. Die Partei hat es verstanden, sich
mit ihr zu entwickeln, sich zu modernisieren. Und deswegen
sind wir noch hier. Sie sollten sich mal Gedanken über historische Prozesse machen, Genosse. Sich bilden. Wie lange
schon arbeiten Sie für uns? Immer schon, glaube ich. Ich
glaube, es ist nun ein bisschen zu spät, sich noch gegen uns
zu stellen.

Der zweite General hatte nur mit den Schultern gezuckt:

Genosse Monte provoziert gern. So war er immer schon.
Ein Agent Provocateur. Eine Stilfrage.

Monte hatte sich gefügt. Befehle befolgen, Befehle befolgen lassen. So war es das ganze Leben lang. Er ließ den Journalisten überwachen. Fand heraus, dass er jeden Samstag einen Bungalow in einer kleinen Lodge an der Mündung des Cuanza mietete, um sich dort mit der Frau eines bekannten Politikers zu treffen. Er kam immer gegen vier, seine Geliebte meist eine Stunde danach, und sie blieb auch nie lang. Er dagegen übernachtete meistens, frühstückte und fuhr erst dann wieder heim.

Die Gewohnheit verdirbt die Jagd.

Einer von Montes besten Freunden sammelte Schlangen und Palmen. Uli Polak war wenige Monate vor der Unabhängigkeit nach Luanda gekommen, ausgeliehen vom Ministerium für Staatssicherheit der DDR an die angolanische Revolution. Schließlich hatte er eine fünfzehn Jahre jüngere Frau aus Benguela geheiratet, mit ihr zwei Kinder bekommen und nach dem Zusammenbruch der DDR die angolanische Staatsbürgerschaft beantragt und auch bekommen. Ein zurückhaltender Mann, der wenig sprach und seinen Lebensunterhalt mit der Produktion und Vermarktung von Fackelingwer verdiente, der in Angola Porzellanrose genannt wird. Er hatte sich ein Haus am Morro dos Veados gebaut, dessen geschwungene, riesige Terrasse sich weit über das Wasser hinauslehnte. Dort empfing er, während die Sonne im Meer unterging, seinen Freund in bequemen Rattansesseln. Sie tranken Bier und unterhielten sich über die

Lage in Angola, den amerikanischen Überfall auf den Irak, den städtebaulichen Wildwuchs. Uli wartete, bis sich die Dunkelheit über alles gelegt hatte:

Du bist aber nicht gekommen, um mit mir über den Straßenverkehr zu plaudern.

Das stimmt. Ich brauche eine von deinen Schlangen.

Ich wusste, dass du irgendwann damit kommen würdest. Ich mag meine Schlangen. Sie sind keine Waffen.

Ich weiß. Es ist auch der letzte Gefallen, um den ich dich bitte. Viele haben sich über dich lustig gemacht, als du dein neues Leben als Florist angefangen hast. Es war eine gute Entscheidung.

Das könntest du auch.

Blumen züchten? Von Blumen verstehe ich nichts.

Blumengeschäfte. Bäckereien. Kindergärten. Beerdigungsunternehmen. Jeder fängt in unserem Land gerade irgendwas an. Jede Art von Geschäft funktioniert.

Geschäfte? Monte musste lachen. Ein bitteres Lachen: Geldvermehrung liegt mir nicht. Ich mache die besten Geschäfte kaputt. Ich habe mein Auskommen, das genügt mir. Gib mir einfach die Schlange und vergiss es.

Am nächsten Abend fuhr einer seiner Männer, Kissonde, ein kräftiger, zupackender Mann aus Malange, zur Lodge, in der sich Daniel Benchimol einzumieten pflegte. Es war schon nach Mitternacht, und ein leichter Regen fiel. Kissonde klopfte an die Tür mit der Nummer sechs, ein groß gewachsener, gut aussehender Mulatte öffnete. Er trug einen feinen Pyjama aus Seide, metallicblau mit weißen Nadelstreifen. Der Agent richtete den Lauf seiner Pistole auf ihn und legte sich den Zeigefinger seiner linken Hand demonstrativ auf die Lippen:

Psssst! Kein einziges Wort. Ich will nicht, dass Ihnen etwas passiert. Er schob den Mulatten in den Bungalow und befahl ihm, sich auf sein Bett zu setzen. Dann holte er, den Pistolenlauf weiter auf den Mann gerichtet, eine Tablettenschachtel aus seiner Jackentasche: Davon nimmst du zwei. Du legst dich hin und wirst wie ein Baby schlafen. Morgen früh wirst du froh und munter wieder aufwachen und nur ein kleines bisschen ärmer sein.

Daniel Benchimol sollte also die Tabletten nehmen und nach ein paar Minuten schlafen. Dann sollte Kissonde sich ein paar dicke Lederhandschuhe anziehen, eine Korallenschlange des alten Uli aus seinem Rucksack holen, sie am Kopf packen und den Journalisten beißen lassen. Dann würde er auf leisen Sohlen davonschleichen, von niemandem gesehen werden, und die Schlange im Zimmer zurücklassen. Am nächsten Morgen würde eine Putzfrau den Toten entdecken, die Schlange, die Schlaftabletten, und Alarm schlagen. Viel Geschrei, viele Tränen. Ergreifende Reden auf der Beerdigung. Das perfekte Verbrechen.

Leider weigerte sich der Mulatte, dem Drehbuch zu folgen. Anstatt die Tabletten zu nehmen und einzuschlafen, stieß er ein französisches Schimpfwort aus, schleuderte die Tablettenschachtel zu Boden und wollte aufstehen, da streckte ihn Kissonde mit einem kräftigen Schlag nieder. Der Mann blieb ohnmächtig auf dem Bett liegen, mit aufgesprungenen Lippen, und blutete heftig. Kissonde machte weiter im Plan, schob ihm die Tabletten in den Rachen, zog sich die Handschuhe an, öffnete seinen Rucksack, fasste die Schlange am Kopf und wollte sie gerade dem Mulatten an den Hals halten, als noch etwas Unvorhergesehenes geschah. Die Schlange schlug wütend ihre Zähne in die Nase des Agenten. Kissonde fasste sie, zog, aber das Tier ließ nicht locker. Endlich gelang es ihm, sie loszureißen. Er schleuderte sie auf den Boden und trampelte auf ihr herum. Dann setzte er sich auf das Bett, zitternd, holte ein Handy aus seiner Tasche und rief Monte an:

Chef, es ist etwas passiert.

Monte, der vor der Lodge im Auto wartete, sprintete los in Richtung des Bungalows Nummer 6. Die Tür war verschlossen. Er klopfte leise. Niemand kam öffnen. Er klopfte noch einmal kräftiger. Die Tür öffnete sich, und vor ihm stand zerzaust und in Unterhosen, aber kerngesund, Daniel Benchimol.

Entschuldigen Sie, geht es Ihnen gut?

Der Journalist rieb sich erschrocken die Augen:

Sollte es mir nicht gut gehen?

Monte murmelte hastig eine Entschuldigung, jemand

hätte einen Schrei gehört, vielleicht ein Nachtvogel auf der Jagd, ein verliebter Kater, Albträume, entschuldigte sich noch einmal, wünschte dem verblüfften Journalisten noch eine gute Nacht und verschwand. Er rief Kissonde an:

Wo zum Teufel steckst du?

Er hörte ein Wimmern. Eine nur noch schwache Stimme: Ich sterbe, Chef. Komm schnell.

Monte kam die Erleuchtung. Er hastete zum Bungalow Nummer 9. Ja, die Hausnummer aus Metall hatte sich oben gelöst, war nach unten geklappt, und nun sah sie aus wie eine Sechs. Die Tür war nur angelehnt. Er trat ein. Kissonde saß mit dem Gesicht zur Tür, sein Gesicht war geschwollen, seine Nase noch mehr, seine Lider waren bereits halb geschlossen:

Ich sterbe, Chef, sagte er und hob langsam die Hände in einer verzweifelten Geste: Die Schlange hat mich gebissen.

Hinter ihm sah Monte das Gesicht eines anderen, der aus dem Mund blutete:

Verdammt, Kissonde! Wer ist das? Was ist das für ein Typ?

Er ging direkt zu der Jacke, die über einem Stuhl vor dem Schreibschränkchen hing, und durchwühlte die Taschen. Er fand eine Brieftasche und einen Pass:

Ein Franzose! Was für eine Scheiße, Kissonde. Du hast einen Franzosen getötet!

Er holte den Jeep. Setzte Kissonde auf den Beifahrersitz.

Wollte gerade den leblosen Körper von Simon-Pierre fortschleifen, als einer der Wachen der Lodge erschien.

Immerhin!, seufzte Monte: Wenigstens etwas Glück in all diesem Durcheinander. Der Mann hatte jahrelang für ihn gearbeitet. Er salutierte. Kommandant!

Er half Monte, Simon-Pierre auf die Rückbank zu verfrachten. Dann holte er saubere Laken. Gemeinsam machten sie das Bett frisch. Putzten das Zimmer. Und stopften die Schlange (oder was davon übrig war) in Kissondes Rucksack. Beim Hinausgehen, und nachdem er dem Wachmann einen Einhundertdollarschein zugesteckt hatte, um ihm das Vergessen zu erleichtern, sah Monte den Hut, mit dem der Franzose durch Luanda spaziert war.

Den nehme ich mit. Auch ein paar Kleidungsstücke. Niemand verschwindet im Schlafanzug.

Er setzte Kissonde am Militärkrankenhaus ab. Dann fuhr er eine Stunde bis zu dem Stück Land, das er vor Jahren gekauft hatte, um dort, weit entfernt vom Getöse Luandas, ein blaues Holzhaus zu bauen, in dem er und seine Frau alt werden konnten. Er stellte den Jeep unter einem riesigen Baobab ab. Es war eine herrliche Nacht, beleuchtet von einem runden, kupferfarbenen Vollmond, prall wie ein Trommelfell. Aus dem Kofferraum holte er eine Schippe und hob in der vom Regen aufgeweichten Erde ein Grab aus. Er musste an ein altes Lied von Chico Buarque denken: *Dieses Grab, in dem du liegst / wenige Handbreit tief / ist alles, was dir in*

*deinem Leben blieb / ist das richtige Maß / nicht zu klein,
nicht zu tief / ist dein Anteil an diesem großen Gebiet.* Er
lehnte sich trällernd gegen den Baobab: *Ist ein Grab, viel zu
groß / als deinem Leib je gegeben / es geht dir besser nun / als
je in deinem Leben.*

In der siebten Gymnasialklasse in Huambo hatte er in
einer Gruppe von Laienschauspielern mitgemacht, die *Tod
und Leben des Severino* von João Cabral de Melo Neto zur
Musik von Chico Buarque aufgeführt hatten. Die Erfahrung
damals hatte seine Weltsicht verändert. Am Beispiel der
armen nordostbrasilianischen Landarbeiter hatte er die Wi-
dersprüche und Ungerechtigkeiten des Kolonialsystems er-
fasst. Im April 1974 war er Jurastudent in Lissabon, als sich
die Straßen mit roten Nelken füllten. Er kaufte ein Flug-
ticket und kehrte zurück nach Luanda, um dort die Revolution zu machen. Nun trällerte er, so viele Jahre später, von
der *Beerdigung eines Landarbeiters*, während er einen glück-
losen Schriftsteller in fremder Erde verscharrte.

Um vier Uhr nachts war er wieder in Luanda und dachte
darüber nach, was nun zu tun sei. Wie er das Verschwinden
des Franzosen rechtfertigen könnte. Als er am Quinaxixe-
Markt vorbeikam, hatte er eine Idee. Er parkte den Wagen.
Stieg aus. Nahm den Hut des Toten und ging damit hinter ein Gebäude neben einer Diskothek namens Quizás.
Dort, wo Simon-Pierre tatsächlich die Nacht zuvor gewesen war. Dort legte er den Hut auf die feuchte Erde.

Neben einem Müllcontainer schlief ein Junge. Er rüttelte ihn wach:

Hast du gesehen?!

Der Junge schreckte hoch und sprang auf:

Was soll ich gesehen haben, *Kota*?

Da, wo der Hut liegt! Da stand gerade noch ein sehr großer Mulatte und hat gepinkelt. Und plötzlich hat ihn die Erde verschluckt. Nur der Hut ist noch da.

Der Junge schaute ihn aus seinem breiten, pickeligen Gesicht mit weit aufgerissenen Augen an:

Tchê, Väterchen! Das hast du wirklich gesehen?!

Ja, natürlich. Ich habe es genau gesehen. Die Erde hat ihn verschluckt. Erst war da noch ein kleines Leuchten, dann nichts mehr. Nur noch der Hut.

Staunend standen sie nebeneinander und starrten den Hut an. Ihre Verblüffung machte drei andere Jungen neugierig. Halb zögerlich, halb wagemutig kamen sie heran:

Was los? Baiacu?

Baiacu schaute sie triumphierend an. Die nächsten Tage würde man ihm zuhören. Die Leute würden sich um ihn scharen, um ihn zu hören. Einer mit einer guten Geschichte ist fast schon ein König.

Die toten Sabalus

An dem Tag, an dem Sabalu die Mauer durchbrach, verriet ihm Ludo ihr schlimmstes Geheimnis: Sie hatte einen Mann erschossen und auf der Terrasse verscharrt. Der Junge hörte ihr regungslos zu:

Das ist lange her, Oma. Selbst er hat das schon längst vergessen.

Wer er?

Dieser Tote. Dein Trinitá. Meine Mutter hat immer gesagt, Tote hätten ein kurzes Gedächtnis. Und noch kürzer sei das Gedächtnis der Lebenden. Du denkst an ihn, jeden Tag, und das ist gut. Du solltest lachen und tanzen, wenn du an ihn denkst. Solltest mit Trinitá reden, wie du mit Fantasma redest. Reden besänftigt die Toten.

Hat dir das auch deine Mutter gesagt?

Ja. Meine Mutter ist gestorben, als ich noch ein Kind war. Ich blieb alleine zurück. Ich rede mit ihr, aber mir fehlen die Hände, mit denen sie mich behütete.

Aber du bist doch noch immer ein Kind.

Nein, Oma, das geht nicht. Wie kann ich denn Kind sein, ohne die Hände meiner Mutter?

Ich kann dir meine geben.

Ludo hatte schon lange niemanden mehr umarmt. Sie war etwas aus der Übung. Sabalu musste ihr helfen, die Arme zu heben. Er selbst musste sich an die Brust der alten Dame schmiegen. Dann erst erzählte er ihr von seiner Mutter, einer Krankenschwester, die umgebracht worden war, weil sie den Handel mit menschlichen Leichen bekämpft hatte. In dem Krankenhaus, in dem sie gearbeitet hatte, in einer Stadt im Norden, verschwanden regelmäßig Leichen. Einige Angestellte verkauften Organe an traditionelle Heiler und besserten damit ihr schmales Gehalt auf. Filomena, Sabalus Mutter, hatte sich gegen diese korrupten Leute gestellt, später dann auch gegen die Heiler. Damit fingen ihre Probleme an. Ein Auto hätte sie direkt vor dem Krankenhaus fast überfahren. Fünf Mal war zu Hause eingebrochen worden. Man hinterließ Zauberzeichen an ihrer Tür, Zettel mit Beschimpfungen und Drohungen. Nichts davon beeindruckte sie. Eines Morgens im Oktober kam ein Mann auf dem Markt auf sie zu und stach ihr ein Messer in den Bauch. Sabalu hatte die Mutter zu Boden gehen sehen. Er hörte noch ihre Stimme wie einen Hauch:

Junge, flieh!

Filomena war aus São Tomé gekommen, schwanger und verliebt in die leuchtenden Augen, die breiten Schultern, das heiteren Wesen und die warme Stimme eines Offiziers der angolanischen Streitkräfte. Mit dem Offizier war sie auch aus Luanda in diese Stadt gezogen, in der sie acht Monate zusammengelebt hatten, wo er noch Sabalus Geburt miterlebt hatte und dann zu einer Mission in den Süden aufgebrochen war, ein paar Tage nur, von der er nie wieder zurückgekehrt war.

Der Junge war quer über den Markt gerannt, hatte Körbe mit Obst, Bierkästen, piepsende Bambuskörbe umgestoßen. Heftiges Geschrei erhob sich hinter ihm. Erst vor seinem Haus war er stehen geblieben, wie angewurzelt, und wusste nicht, was er tun sollte. Da öffnete sich die Haustüre, und ein buckliger Mann, ganz in Schwarz, hatte sich wie ein Greifvogel auf ihn gestürzt. Der Junge war zur Seite gesprungen, über den Asphalt gerollt, aufgestanden und, ohne sich umzusehen, wieder losgerannt.

Ein Lastwagenfahrer hatte ihn schließlich bis nach Luanda mitgenommen. Sabalu hatte ihm alles erzählt. Dass seine Mutter gestorben und sein Vater verschwunden sei. Und dass er hoffe, in der Hauptstadt jemanden aus seiner Familie zu finden. Er kenne den Namen des Vaters, Marciano Barroso, der Hauptmann der angolanischen Streitkräfte gewesen sei oder immer noch war und von einem Einsatz im Süden nicht mehr zurückgekehrt sei. Wusste auch, dass er aus Luanda stammte. Die Großeltern väterlicherseits leben am Quinaxixe-Platz. Den Platz hatte die Mutter einmal erwähnt und erzählt, dass auf ihm auch ein See sei, in dem eine Meerjungfrau lebe.

Der Lastwagenfahrer ließ ihn am Quinaxixe aussteigen und steckte ihm ein Bündel Geldscheine zu.

Das Geld müsste reichen, für ein Zimmer für eine Woche und Essen und Trinken. Hoffentlich findest du bis dahin deinen Vater.

Verzweifelt hatte der Junge stundenlang Runden gedreht. Dann hatte er sich an einen dicken Polizisten gewandt, der vor einer Bank Wache stand:

Kennen Sie einen Hauptmann Barroso?

Der Polizist warf ihm einen dieser wütenden schmaläugigen Blicke zu:

Hau ab, Rumtreiber, geh weiter!

Eine Straßenhändlerin erbarmte sich schließlich seiner. Sie hörte ihm kurz zu. Dann rief sie die anderen Frauen. Eine konnte sich an einen alten Mann namens Adão Barroso erinnern, der früher im Cuca-Gebäude gelebt habe. Doch der sei schon lange tot.

Es war schon spät, als der Hunger Sabalu in eine kleine Spelunke trieb. Vorsichtig setzte er sich. Bestellte eine Suppe und eine Cola. Beim Hinausgehen stieß ihn ein Junge mit breitem Gesicht und sehr schlechter Haut gegen die Wand:

Ich bin Baiacu, du Milchgesicht. König von Quinaxixe. Er zeigte auf die Skulptur einer Frau mitten auf dem Platz: Das da ist meine Frau. Königin Ginga. Ich bin Ginga-König. Hast du Kohle?

Sabalu hatte gar nicht mehr reagiert, nur geweint. Aus dem Schatten waren zwei andere Jungen aufgetaucht, hatten sich neben Baiacu aufgebaut, sodass an Flucht nicht zu denken war. Sie sahen beide genau gleich aus, klein und kompakt wie zwei Pitbulls mit glanzlosen Augen und genau dem gleichen abwesenden Grinsen auf scharf konturierten Lippen. Sabalu steckte seine Hand in die Tasche und gab ihnen das Geld. Baiacu steckte die Scheine ein.

Gut gemacht, Junge. Heute Nacht kannst du bei uns pennen. Da in den Kartons. Wir beschützen dich. Morgen fängst du zu arbeiten an. Wie heißt du?

Sabalu.

Freut mich, Sabalu. Das hier ist Diogo!

Welcher von beiden?

Beide. Die zwei sind Diogo!

Sabalu brauchte einige Zeit, um zu begreifen, dass beide gemeinsam nur eine Person waren. Sie bewegten sich gleichzeitig, parallel wie Synchronschwimmer. Sie sagten gleichzeitig dieselben wenigen Worte, hatten ein einziges Lachen und dieselben Tränen. Schwangere fielen in Ohnmacht bei ihrem Anblick, und Kinder nahmen vor ihnen Reißaus. Doch Diogo schien überhaupt kein Talent für das Böse zu haben. Er war eher gutmütig wie ein Kirschmyrtenbaum, der bei Sonne ganz kleine, spärliche Früchte trägt, mehr aus Unachtsamkeit, denn aus Absicht. Baiacu ließ Diogo vor großen Hotels Kuduro tanzen und singen und verdiente damit etwas Geld. Die Ausländer waren begeistert und ließen einiges springen. Ein portugiesischer Journalist hatte sogar einmal einen Artikel über den Kuduro-Tänzer geschrieben, mit einem Foto, auf dem Diogo Arm in Arm mit Baiacu zu sehen war. Der hatte den Zeitungsausschnitt stets in der Hosentasche und zeigte ihn gerne stolz her:

Ich bin ein Agent der Straße.

Sabalu hatte zunächst Autos gewaschen. Das Geld lieferte er bei Baiacu ab. Der Straßenagent kaufte davon Essen für alle. Für sich selbst außerdem Zigaretten und Bier. Manchmal trank er zu viel. Dann wurde er gesprächig. Und philosophierte:

Die Wahrheit ist das Blaue vom Himmel für den, der nicht lügen kann.

Er wurde schnell wütend. Einmal ließ Diogo zu, dass andere Kinder das kleine Radio stahlen, das Baiacu vom Rücksitz eines Jeeps geklaut hatte, als dieser im Stau stand. Am Abend hatte Baiacu am See ein Feuer gemacht. Hatte ein Eisenblech erhitzt, bis es glühte. Dann rief er Diogo, nahm seine Hand und drückte sie auf das Blech. Beide Körper wanden sich voller Verzweiflung. Aus beiden Mündern kam ein greller Schrei. Sabalu musste sich übergeben, entsetzt über den Geruch nach verbranntem Fleisch und Diogos Verzweiflung.

Du bist schwach, hatte Baiacu verächtlich gezischt. Du wirst nie König.

Von diesem Tag an hatte er ihn auf seine Streifzüge mitgenommen, um ihn zum Mann zu machen, wenn schon nicht zum König, dann wenigstens zu einem Mann. Spätnachmittags, wenn die Bourgeoisie in ihren Autos auf dem Nachhauseweg Stunden um Stunden im Stau stand, gab es immer einen Pechvogel, der seine Scheibe herunterkurbelte, um frische Luft hereinzulassen, weil die Klimaanlage nicht funktionierte, oder um jemanden anzusprechen. Dann tauchte Baiacu mit seinem pickeligen Gesicht und den großen funkelnden Augen aus dem Nichts auf und hielt ihm eine Glasscherbe an die Halsschlagader. Sabalu steckte seine Hand durch das Fenster und schnappte Brieftasche, Uhr, alles von Wert, was er greifen konnte, und beide verschwanden schnell wieder in dem Durcheinander aus Autos, schimpfenden Menschen, Hupen und manchmal auch Schüssen.

Baiacu hatte auch die Idee mit dem Baugerüst gehabt. Er hatte Sabalu befohlen:

Du kletterst hoch, schaust, ob irgendwo ein Fenster auf ist, und steigst ein, leise. Ich kann das nicht. Mir wird von der Höhe schlecht. Außerdem fühle ich mich immer so klein, wenn ich irgendwo hochsteige.

Sabalu war bis zur Terrasse hochgeklettert. Er hatte die toten Hühner gesehen, war die Treppe hinuntergestiegen und hatte die bis auf ihr Gerippe auseinandergenommene Wohnung gesehen, ohne Möbel, ohne Zimmertüren, ohne Bodenbelag. Die Wände, über und über mit Schrift und seltsamen Zeichnungen bedeckt, machten ihm Angst. Langsam war er zurückgewichen, die Treppe hoch und hatte Baiacu gesagt, es sei nichts zu holen gewesen. In der Nacht darauf war er jedoch noch einmal auf das Gerüst gestiegen. Diesmal hatte er sich in weitere Räume gewagt. Im Schlafzimmer hatte er die Alte auf einer Matratze schlafen gesehen, ihre Kleider in einer Ecke. Nur die Küche hatte noch normal gewirkt, abgesehen von den rußschwarzen Wänden. Da standen ein massiver Tisch mit Marmorplatte, ein Herd und ein Kühlschrank. Der Junge hatte ein kleines Brot aus der Tasche gezogen, er hatte immer ein Brot dabei, und hatte es auf den Tisch gelegt. In einer Schublade fand er das Silberbesteck. Er verstaute es in seinem Rucksack und verschwand wieder. Das Besteck gab er Baiacu, und der hatte einen staunenden Pfiff losgelassen.

Gute Arbeit, Junge. *Kumbu* hast du keines gefunden, oder Schmuck?

Sabalu schüttelte den Kopf. Da oben war mehr Armut als hier auf den Straßen Luandas. Baiacu gab sich damit nicht zufrieden.

Morgen gehst du da noch einmal rein.

Sabalu nickte nur. Er bat um Geld, um Brot zu kaufen. Dann stopfte er Brot, ein Pfund Butter und eine Flasche Coca Cola in seinen Rucksack und kletterte wieder am Haus hoch. Er legte alles auf den Küchentisch. Als er ihn mit leeren Händen zurückkommen sah, bekam Baiacu einen Wutanfall. Er stürzte sich mit Fäusten und Fußtritten auf Sabalu, warf ihn zu Boden, trat ihm gegen den Kopf, in den Hals, bis

Diogo ihn schließlich am Arm packte und wegzog. Am nächsten Abend kletterte Sabalu wieder auf die Terrasse. Diesmal lag Ludo dort oben. Erschrocken war er wieder nach unten geklettert. Hatte Baiacu gebeten, Medikamente kaufen zu dürfen. Die Alte war gestürzt. Es ging ihr nicht gut. Aber Baiacu hörte ihm nicht einmal zu:

Du hast keine Flügel, Sabalu. Du hast keine Flügel, also bist du auch kein Engel. Lass die Alte doch sterben.

Sabalu schwieg. Er ging mit Baiacu und Diogo zum Roque Santeiro. Dort verkauften sie das Besteck. In einer Bar, die sich auf Pfählen über das babylonische Gewirr des riesigen Marktes erhob, aßen sie etwas. Sabalu wartete, bis Baiacu sein Bier ausgetrunken hatte. Dann fragte er, ob noch etwas vom Geld übrig sei. Schließlich sei er es gewesen, der das Besteck organisiert hätte. Baiacu wurde wütend:

Für was brauchst du die Kohle? Alles, was du brauchst, gebe ich dir. Ich bin wie ein Vater für dich.

Dann lass es mich nur einmal sehen. Ich habe noch nie so viel Geld auf einmal gesehen.

Baiacu gab ihm das dicke Geldbündel. Sabalu nahm es und sprang von dem Podest in den Sand, rappelte sich mit blutigen Knien auf und verschwand blitzschnell in der Menschenmenge. Baiacu schrie ihm über das Geländer gebeugt Schimpfworte und Drohungen hinterher:

Dieb! Hurensohn. Ich bringe dich um.

Sabalu kaufte Medikamente und Essen. Als er zum Quinaxixe zurückkehrte, war es bereits Abend. Er sah Baiacu und Diogo am Baugerüst sitzen. Er ging zu einem anderen Straßenjungen und drückte ihm fünf Scheine in die Hand:

Sag Baiacu, ich warte auf ihn in der Grünen Bar.

Der Junge trollte sich und richtete es aus. Baiacu sprang auf und rannte los, Diogo hinter ihm her. Sabalu kletterte am Gerüst hoch. Er traute sich erst wieder, Luft zu holen, als er oben auf der Terrasse war.

Daniel Benchimol untersucht das Verschwinden von Ludo

Daniel Benchimol las den Brief von Maria da Piedade Lourenço ein zweites Mal. Dann rief er einen Freund seines Vaters an, einen Geologen, der sein ganzes Leben in der Erschließung von Diamantenvorkommen tätig gewesen war. Der alte Vitalino konnte sich noch gut an Orlando erinnern:

Guter Mann, aber bissig. Hart, trocken und so stocksteif, als hätte er immer ein Nagelhemd an. Sie nannten ihn Pico, den Stachel. Niemand wollte mit ihm auch nur einen Kaffee trinken. Freunde hatte er keine. Kurz nach der Unabhängigkeit verschwand er. Er hat das Durcheinander genutzt, um sich ein paar Steine in die eigene Tasche zu stecken, und ist nach Brasilien geflohen.

Daniel suchte im Internet. Er stieß auf Hunderte Orlando Pereira dos Santos, forschte stundenlang nach einem Hinweis, irgendeinem Indiz für eine Verbindung zu dem Menschen, den er suchte. Doch ohne Erfolg. Was ihn wunderte. Jemand wie Orlando, der mehr als zwanzig Jahre in Brasilien oder jedem beliebigen andern Land auf der Welt außer Afghanistan, Sudan oder Bhutan lebte, musste doch irgendwo im Netz eine Spur hinterlassen haben. Er rief noch einmal Vitalino an:

Hatte dieser Orlando irgendwo in Angola Familie?

Wahrscheinlich. Er war ja aus Catete.

Catete?! Ich dachte, er sei Portugiese.

Ach was! Aus Catete durch und durch. Eindeutig. Nach dem 25. April war ihm das besonders wichtig. Er rühmte sich sogar damit, in seiner Jugend Agostinho Neto gekannt zu haben. Stell dir vor! All die Jahre zuvor nicht ein einziges Wort gegen den Kolonialismus! Immerhin hat er aber auch nicht mit den Rassisten paktiert, das muss man sagen. Er war immer gerecht. Gegenüber den Schwarzen so arrogant wie zu den Weißen.

Und Verwandtschaft?

Ach so, ja, Verwandtschaft. Ich glaube, er war ein Cousin von Vitorino Gavião.

Dem Dichter?

Dem Vagabunden. Nenne ihn, wie du willst.

Benchimol wusste, wo Vitorino Gavião zu finden war. Er ging über die Straße und direkt ins Biker. Das historische Bierlokal war zu der Uhrzeit fast leer. An einem Tisch etwas abseits spielten vier alte Männer Karten und unterhielten sich laut. Als sie ihn kommen sahen, verstummten sie.

Vorsicht!, entfuhr es einem im Flüsterton, aber so, dass der Journalist es auch hören konnte: Da kommt die Regimepresse. Die Stimme des Herrn. Und auch seine Ohren.

Das ärgerte Benchimol.

Wenn ich die Stimme des Regimes bin, seid ihr seine Exkremente.

Der Mann, der geflüstert hatte, richtete sich auf:

Reg dich nicht auf, *Camarada*. Trink ein Bier mit uns.

Vitorino Gavião lachte in ätzendem Ton los:

Wir sind der griechische Chor. Die Stimme des nationalen Gewissens. Ja, genau, das sind wir. Sitzen im Halbdunkel und kommentieren den Lauf der Tragödie. Und warnen jeden, der es nicht hören will.

Eine prächtige Glatze hatte ihn seiner Jimi-Hendrix-Mähne beraubt, die im Paris der Sechzigerjahre die Proklamation seiner Négritude für ihn gewesen war. Nun, mit derart blankem Schädel, wäre er selbst noch in Schweden als weiß durchgegangen. Okay, vielleicht nicht in Schweden. Neugierig erhob er seine Stimme:

Was gibt es Neues?

Der Journalist zog einen Stuhl heran und setzte sich.

Kanntest du mal einen gewissen Orlando Pereira dos Santos, Bergbauingenieur?

Gavião zögerte. Er war bleich geworden:

Das ist mein Cousin. Mein direkter Cousin. Ist er tot?

Ich weiß es nicht. Hättest du etwas davon, wenn er tot wäre?

Der Typ ist um die Unabhängigkeit herum verschwunden. Er soll einen Haufen Diamanten mitgehen haben lassen.

Glaubst du, er würde sich noch an dich erinnern?

Wir waren Freunde. Ich habe mich auch nicht gewundert, dass er die erste Zeit nichts von sich hat hören lassen. Hätte ich so viele Diamanten eingesteckt, hätte ich auch einiges darangesetzt, dass man sich nicht mehr an mich erinnert. Man hat ihn vergessen. Schon lange erinnert sich niemand mehr an ihn. Warum fragst du?

Der Journalist zeigte ihm den Brief Maria da Piedade Lourenços. Gavião konnte sich noch an Ludo erinnern. Sie war ihm damals ein wenig entrückt vorgekommen. Nun wusste er auch, warum. Er rief sich seine Besuche in der Wohnung seines Cousins in Erinnerung, dort, im Haus der Beneideten. Die Euphorie in den ersten Tagen der Unabhängigkeit.

Hätte ich damals gewusst, wie das enden würde, wäre ich in Paris geblieben.

Und was hättest du in Paris gemacht?

Nichts!, seufzte Gavião: Wie hier auch. Aber zumindest mit der nötigen Eleganz. Ich wäre *Flaneur* geworden.

Noch am selben Nachmittag ging Daniel nach Redaktionsschluss zu Fuß bis zum Quinaxixe. Das Haus der Beneideten war immer noch recht heruntergekommen. Doch die Eingangshalle war frisch gestrichen und wirkte sauber und einladend. Ein Wachmann stand vor dem Aufzug.

Funktioniert er?, fragte der Journalist.

Der Mann lächelte stolz:

Beinahe immer, Chef. Beinahe immer!

Er bat Daniel, sich auszuweisen, und holte dann erst den Aufzug. Der Journalist trat hinein und fuhr in den elften Stock hinauf. Dort stieg er aus. Er blieb kurz stehen, sehr beeindruckt davon, wie sauber die Wände und der glänzende Fußboden waren. Nur eine Tür nicht. Die zu Wohnung D war zerkratzt und hatte auf halber Höhe ein Loch, wie von einem Einschuss. Der Journalist klingelte. Von drinnen kam kein Geräusch. Also klopfte er drei Mal kräftig. Ein Junge öffnete ihm. Große Augen, ein auffällig erwachsener Ausdruck für ein so junges Gesicht.

Hallo!, sagte der Journalist. Wohnst du hier?

Ja, ich wohne hier. Ich und meine Großmutter.

Kann ich mit deiner Großmutter sprechen?

Nein.

Ist schon in Ordnung, ich spreche mit ihm, Junge.

Daniel hörte die schwächliche, knarrende Stimme, und dann kam eine sehr bleiche alte Frau, die ein Bein nachzog, das graue Haar zu zwei dicken Zöpfen gebunden:

Ich bin Ludovica Fernandes, mein Herr. Sie wünschen?

Mutiati Blues (2)

Der Alte sah den Januar kommen und sich wie eine Falle um die Kuvale herum schließen. Zuerst kam die Trockenheit. Viele Rinder starben. Je weiter sie nach Osten ins Gebirge kamen, desto angenehmer wurde die Luft, der Boden kühler und etwas weicher. Sie fanden ein wenig Weidegrund, schlammige Brunnen und gingen, mühsam die schüchternen Zeichen von Grün lesend, weiter. Plötzlich war da der Zaun, wie eine Beleidigung. Eine Kränkung des strahlenden Morgens. Die Herde hielt an. Die Jungen liefen aufgeregt zusammen und stießen kurze Ausdrücke des Erstaunens und des Ärgers aus. António, der Älteste, kam näher. Er schwitzte. Sein schönes Gesicht, seine ebenmäßige Nase, das kantige Kinn glühten vor Anstrengung und vor Wut:

Was sollen wir tun?

Der Alte setzte sich. Der Zaun zog sich viele Hundert Meter weit. Rechts kam er aus einem unzugänglichen Gewirr aus Dornsträuchern, die man dort Katzenkrallen nennt, und verschwand links wieder in einem noch dichteren, noch dornigeren Albtraum aus Bissab-Malven, riesigen Kakteen mit Armen wie Kerzenleuchter und strauchigen Mutiati-

Bäumen. Jenseits des Zauns zog sich ein breiter Streifen aus weißem Geröll hin, über das zu dieser Jahreszeit eigentlich ein kleiner Bach fließen sollte.

Jeremias Carrasco suchte ein Stückchen Holz, strich den Sand glatt und fing an zu schreiben. António hockte sich neben ihn.

Am Nachmittag rissen sie den Zaun nieder und überquerten die Grenze. Sie fanden etwas Wasser. Gutes Weideland. Wind kam auf. Mit dem Wind schwebten dichte Schatten heran, als brächte er aus einer noch weiter entlegenen Wüste in Fetzen die Nacht herbei. Sie hörten ein Motorgeräusch, und aus der Dämmerung und dem Staub sahen sie einen Jeep mit sechs bewaffneten Männern näher kommen. Einer von ihnen, ein scheuer Mulatte mit dem hilflosen Blick einer nass gewordenen Katze, sprang vom Wagen herunter und stürmte, in der rechten Hand eine Kalaschnikow schwenkend, auf sie zu.

Er brüllte auf Portugiesisch und auf Nkumbi. Einiges davon drang auch, vom Wind verzerrt, an Jeremias' Ohr:

Das Land ist Privatbesitz! Verschwindet! Sofort!

Der Alte hob seine rechte Hand, um die Jungen von einer unbedachten Reaktion abzuhalten. Doch zu spät. Einer der schlanken Burschen, der erst vor wenigen Monaten eine Frau bekommen hatte und von allen nur Zebra genannt wurde, schleuderte seinen Speer, die Chonga. Die Waffe zeichnete eine vollendete Parabel in den panischen Himmel und bohrte sich mit einem trockenen Geräusch nur wenige Zentimeter vor den Stiefeln des Mulatten in den Boden.

Für einen winzigen Augenblick war alles still. Selbst der Wind schien nachgelassen zu haben. Dann hob der Wächter die Waffe und schoss.

Unter der sengenden Sonne am Mittag hätte es sicher ein Blutbad gegeben. Schließlich waren die sechs Männer bewaffnet. Auch einige Hirten waren bei der Armee gewesen und besaßen ebenfalls Feuerwaffen. Doch zu dieser Stunde bei dem peitschenden Wind in der Dunkelheit trafen gerade zwei Kugeln auf Fleisch. Zebra wurde leicht am Arm verletzt und der Mulatte am Bein. Beide Seiten zogen sich zurück. Nur viele Kühe waren im Durcheinander verloren gegangen.

Am nächsten Abend drang eine Gruppe Hirten, angeführt von Zebra, erneut in das Areal ein. Sie kehrten mit einigen ihrer verlorenen Rinder zurück, dazu mit ein paar Kühen der anderen und einem vierzehnjährigen Jungen, der, so erzählte es Zebra, sie zu Pferde verfolgt und dabei wie ein Irrer gebrüllt hätte.

Jeremias erschrak. Viehdiebstahl gehörte zur Tradition. Es war nichts besonderes. In diesem Fall war es sogar eine Art Tausch. Doch die Entführung eines Jungen konnte tatsächlich zu schweren Verwicklungen führen. Er ließ ihn zu sich rufen. Der Junge hatte tiefgrüne Augen und eine unbändige, zu einem Pferdeschwanz zusammengebundene Haarpracht. In Angola nennt man so jemanden, der bei Tageslicht weiß erscheint und sich bei zunehmender Dunkelheit doch als Mischling herausstellt, *fronteiras perdidas*, verschwundene Grenzen, was nichts weiter beweist, als dass man Menschen im Dunkeln oft besser erkennt. Er schaute den Alten verächtlich an:

Mein Großvater bringt dich um!

Jeremias lachte. Er schrieb in den Sand:

Ich war schon mal tot. Beim zweiten Mal tut es nicht mehr so weh.

Der Junge kam ins Stottern. Er begann zu weinen.

Ich heiße André Ruço. Mein Großvater ist General Ruço, mein Herr. Sagen Sie ihren Leuten, dass sie mir nichts tun sollen. Lassen Sie mich gehen. Behalten Sie die Kühe, aber lassen Sie mich gehen.

Der Alte hatte Mühe, die jungen Männer zu überzeugen, André laufen zu lassen. Sie wollten ihre Kühe zurück und die Zusicherung, das Land auf der Suche nach besseren Weiden durchqueren zu dürfen. Die Verhandlungen zogen sich schon drei Tage hin, als Jeremias plötzlich seine Vergangenheit vor ihm in die Hocke gehen sah. Alt war sie geworden, was nicht selbstverständlich ist. Es gibt Vergangenheiten, die Jahrhunderte überdauern, ohne dass ihnen die Zeit etwas anhaben kann. Doch hier war es anders: Sie war alt geworden, hatte Falten bekommen, und ihr weniges Haar hatte schon fast keine Farbe mehr. Nur die Stimme des Mannes war immer noch kräftig und fest. In genau diesem Augenblick, als Monte aufstand und er gestoßen wurde und stürzte und dann von den jungen Hirten verfolgt wurde, fielen Jeremias Carrasco wieder die Diamanten von Orlando Pereira dos Santos ein.

Das seltsame Ende des Kubango-Flusses

Nasser Evangelista gefiel seine neue Arbeit. Er trug eine blaue, blitzsaubere Uniform und saß die meiste Zeit lesend hinter seinem Schreibtisch, von dem aus er den Eingangsbereich aus dem Augenwinkel im Blick hatte. Er las gerne, seit seiner Zeit im São-Paulo-Gefängnis von Luanda. Nach seiner Entlassung hatte er zunächst als Kunsthandwerker auf dem Markt am Kilometer 17 Masken geschnitzt. Eines Nachmittags war er dort Kleiner Soba begegnet, mit dem er seinerzeit in einer Zelle gesessen hatte, und der hatte ihm angeboten, im Haus der Beneideten am Quinaxixe, wo er gerade neu eingezogen war, als Portier anzufangen.

Eine gemütliche Arbeit, hatte ihm der Unternehmer versichert: Du wirst dabei sogar lesen können.

Das hatte ihn überzeugt.

An diesem Morgen las Nasser Evangelista zum siebenten Mal *Robinson Crusoe*, als er einen sehr hässlichen Jungen mit einem von Pickeln übersäten Gesicht erblickte, der sich am Eingang des Hauses herumtrieb. Er merkte sich die gelesene Seite, verstaute sein Buch in der Schublade, stand auf und ging zur Tür:

He, Junge! Du mit den Pickeln. Was willst du von meinem Haus?

Schüchtern kam der Junge näher:

Wissen Sie vielleicht, ob hier ein Junge wohnt?

Einige, du Milchgesicht. Das Haus hier ist eine Großstadt.

Ein siebenjähriger Junge. Er heißt Sabalu.

Ach so! Ja, Sabalu. Ich weiß, wer das ist. Elfter Stock, E. Ein netter Junge. Er lebt dort mit seiner Großmutter, aber die habe ich noch nie gesehen. Sie geht nie aus dem Haus.

In diesem Augenblick näherten sich noch zwei Gestalten. Nasser erschrak, als er sie kommen sah, ganz in Schwarz, wie aus einem Corto-Maltese-Comic. Der Ältere hatte eine rot-gelb-gestreifte Mucubal-Mütze auf dem Kopf, trug Halsketten und dicke Armbänder um die Handgelenke. Seine riesigen, schrundigen, staubbedeckten Füße steckten in einem Paar uralter Ledersandalen. Neben dem Alten ging ein sehr dünner, sehr groß gewachsener junger Mann mit der Eleganz eines Mannequins. Auch er trug Armbänder und Ketten, doch an ihm wirkten sie ebenso natürlich wie der Bowler Hat auf seinem Kopf. Sie kamen entschlossen auf Nasser zu. Wir wollen nach oben, erklärte der Jüngere und schob den Portier lässig beiseite. Nasser hatte strenge Anweisung, niemanden einzulassen, dessen Ausweisnummer oder wenigstens die seines Führerscheins er sich nicht vorher notiert hatte. Gerade wollte er sich den zwei Männern in den Weg stellen, da nutzte Baiacu das

Durcheinander und rannte die Treppe hinauf. Der Portier rannte hinter ihm her. Jeremias und sein Sohn drückten den Aufzugsknopf, stiegen ein und fuhren nach oben. Als sie im elften Stock ausstiegen, wurde der Alte von Schwindel befallen. Ihm blieb die Luft weg. Er musste sich kurz an die Wand lehnen. Er sah Daniel Benchimol, wie er gerade Ludo begrüßte. Er erkannte sie, ohne sie je gesehen zu haben.

Ich habe hier einen Brief für Sie, sagte Daniel: Vielleicht gehen wir besser hinein, Sie setzen sich hin, und wir reden.

Währenddessen betrat Magno Moreira Monte das Haus. Da kein Portier zu sehen war, rief er selbst den Aufzug und fuhr hinauf. Unterwegs hörte er Nasser hinter Baiacu herrufen:

Komm zurück. Du darfst da nicht hoch!

Auch Kleiner Soba, der sich gerade rasierte, war vom Geschrei des Portiers aufgeschreckt. Er wusch sich das Gesicht, zog ein paar Hosen an und ging an die Tür, um nachzusehen, was los war. Baiacu rannte an ihm vorbei, stieß die Hirten beiseite und blieb kurz vor Daniel Benchimol stehen. Gleich darauf ging die Aufzugstür auf, und der frühere Gefangene sah entgeistert den Mann herauskommen, der ihn vor fünfundzwanzig Jahren verhört und gefoltert hatte.

Baiacu zog ein Springmesser aus seiner Hosentasche und ging auf Sabalu los:

Du Dieb! Ich schneide dir die Ohren ab!

Der Junge blieb stehen:

Dann komm doch. Ich hab' keine Angst mehr vor dir!

Ludo schob ihn zurück in die Wohnung:

Geh wieder rein, Junge. Wir hätten die Tür nicht aufmachen sollen.

Nasser Evangelista stürzte sich auf Baiacu und entriss ihm das Messer. Ganz ruhig, Junge, lass los. Lass uns reden.

Monte lachte los, als er Kleiner Soba so entgeistert da stehen sah:

Schau an, der Genosse Arnaldo Cruz! Wenn jemand schlecht über Angola redet, halte ich immer mit Ihrem Beispiel dagegen. Ein Land, in dem selbst ein Verrückter reich werden kann, selbst ein Regimegegner, das kann nur ein äußerst großzügiges Land sein!

António, überwältigt von den vielen synchronen Ereignissen, flüsterte dem Alten in seiner verdrehten Sprache der Kuvale ins Ohr:

Diese Leute hier haben kein einziges Rind, Vater. Sie verstehen nichts davon.

Daniel Benchimol fasste Ludo am Arm:

Warten Sie einen Moment, bitte. Lesen Sie diesen Brief.

Kleiner Soba stieß seinen Zeigefinger in Montes Brustkorb:

Worüber lachst du, du Hyäne? Die Zeit der Hyänen ist vorbei.

Ludo gab Benchimol den Brief zurück:

Meine Augen taugen nicht mehr zum Lesen.

Als er Kleiner Sobas Arm beiseiteschob, nahm Monte auf einmal auch Jeremias wahr. Das schien ihn noch mehr zu belustigen.

Schau an, noch ein alter Bekannter. Unser erstes Wiedersehen unten in Namibe ist ja nicht so erfreulich verlaufen. Zumindest für mich nicht. Aber jetzt sind wir in meinem Revier.

Daniel Benchimol bekam Gänsehaut, als er Montes Stimme hörte. Er wandte sich um und sprach ihn an:

Ich weiß, wer Sie sind. Sie haben mich damals in der Nacht geweckt, als Simon-Pierre verschwunden ist. Eigentlich sollten Sie mich verschwinden lassen, nicht wahr?

Als bereits alle Augen auf den früheren Geheimdienstler gerichtet waren, ließ Nasser Evangelista Baiacu laufen und ging mit erhobenem Messer auf Monte los:

Ich erinnere mich noch gut an Sie. Und es ist keine gute Erinnerung.

Als sich Monte von Jeremias, António, Kleiner Soba, Daniel Benchimol und Nasser Evangelista umzingelt sah, trat er langsam den Rückzug in Richtung Treppe an:

Nur die Ruhe, Leute. Was geschehen ist, ist geschehen. Wir sind alle Angolaner.

Doch Nasser Evangelista hörte gar nicht mehr hin. Er hörte nur noch sein eigenes Schreien von vor einem Vierteljahrhundert in einer winzigen Zelle, die nach Kot und Urin roch. Er hörte die Schreie der Frau, die er nie zu Gesicht bekam, aus einer ähnlichen Dunkelheit. Schreie und bellende Hunde. Hinter ihm hatte alles geschrien. Alles gebellt. Er ging zwei Schritte vor und stieß Monte die Klinge in die Brust. Als er keinen Widerstand spürte, stach er noch einmal zu und noch einmal. Der Detektiv taumelte, war bleich geworden und fasste sich an sein Hemd. Kein Blut war zu sehen. Seine Kleidung war auch unbeschädigt. Jeremias packte Nasser an den Schultern und zog ihn zurück. Daniel entriss ihm das Messer:

Das geht nicht. Gott sei Dank. Es ist ein Zirkusmesser.

Tatsächlich. Das Messer hatte einen hohlen Griff, in dem die Klinge, von einer Feder gehalten, verschwand, wenn sie auf Widerstand stieß.

Daniel stach auf sich selbst ein, auf die Brust, in den Hals, um den anderen zu demonstrieren, dass die Waffe nicht echt war. Dann stürzte er sich auf Jeremias. Stach auch auf Nasser ein. Lachte laut, exaltiert und hysterisch. Die anderen stimmten mit ein. Auch Ludo lachte, an Sabalu geklammert, dass ihr die Tränen aus den Augen schossen.

Nur Monte blieb ernst. Er strich sich sein Hemd glatt, stand auf und ging langsam die Treppen hinunter. Draußen brannte die Luft. Ein trockener Wind schüttelte die Bäume. Der Detektiv konnte kaum noch atmen. Seine Brust schmerzte. Nicht dort, wo ihn Nasser mit dem falschen Messer getroffen hatte, sondern von innen heraus, einer verborgenen Stelle, die er nicht benennen konnte. Er rieb sich die Augen. Aus seiner Tasche holte er eine Sonnenbrille und setzte sie auf. Aus einem ihm nicht ersichtlichen Grund musste er plötzlich an Boote im Okawango-Delta denken.

Hinter der Grenze zu Namibia ändert der Kubango seinen Namen in Okawango. Der mächtige Fluss mündet, anders als all seine Artgenossen, nicht ins Meer, sondern verzweigt sich, breitet seine kräftigen Arme aus und versickert in der Wüste. Ein erhabener Tod, der den Kalaharisand großzügig mit Grün und mit Leben erfüllt. Seinen dreißigsten Hochzeitstag hatte Monte im Okawango-Delta, auf einem Öko-Resort verbracht – ein Geschenk seiner Kinder. Sorglose Tage, an denen sie Käfer und Schmetterlinge gefangen, gelesen und Bootsausflüge unternommen hatten.

Es gibt Leute, die regelrecht Angst haben vor dem Vergessenwerden. Man nennt dieses Leiden Athazagoraphobie. Bei ihm war es umgekehrt: Er litt unter der schrecklichen Vorstellung, dass man ihn niemals vergessen würde. Im Okawango-Delta hatte er kurz das Gefühl gehabt, vergessen worden zu sein. Er war glücklich gewesen.

Wie Nasser Evangelista beim Gefängnis-
ausbruch des Kleinen Soba behilflich war

Wir sterben an Mutlosigkeit. Wenn uns der Mut verlässt, sterben wir. Zumindest vertrat Kleiner Soba die Ansicht, und um sie zu untermauern, erzählt der heutige Unternehmer gern die Geschichte von seiner ersten Haft. Im Gefängnis hatte man ihm übel zugesetzt: Misshandlungen, Folter. All dies überstand er mit einem Mut, der nicht nur seine Schicksalsgenossen staunen ließ, sondern auch die Gefängniswärter und die Agenten der Geheimpolizei.

Doch es war gar kein Mut, sagt er, sondern: Ich war nur wütend. Meine Seele wollte sich nicht mit dem Unrecht abfinden. Und Angst hatte ich. Angst tat mir mehr weh als Schläge, aber die Wut legte sich über die Angst, und so konnte ich den Polizisten entgegentreten. Ich hielt nie meinen Mund. Wenn sie mich anbrüllten, brüllte ich umso lauter zurück. Irgendwann merkte ich, dass sie mehr Angst vor mir hatten, als ich vor ihnen.

Einmal, als sie ihn in eine winzige Zelle in Einzelhaft steckten, die sie nach einer der entscheidenden Schlachten der Unabhängigkeit Kifangondo nannten, fand Kleiner Soba eine Ratte und adoptierte sie. Er nannte sie Esplendor,

Herrlichkeit, ein vielleicht etwas zu optimistischer Name für eine gewöhnliche Ratte, mit mattem Fell, grau und scheu und mit einem angenagten Ohr. Als Kleiner Soba in die Gemeinschaftszelle zurückkam, mit Esplendor auf der rechten Schulter, machten sich einige seiner Zellengenossen über ihn lustig. Die meisten beachteten ihn gar nicht. Damals, Ende der Siebzigerjahre, war das São-Paulo-Gefängnis in Luanda ein Sammelsurium der merkwürdigsten Persönlichkeiten. In Gefangenschaft geratene amerikanische und englische Söldner und in Ungnade gefallene Exil-ANC-Aktivisten. Junge, linksradikale Intellektuelle diskutierten mit alten portugiesischen Salazaristen. Es gab Gefangene, die wegen Diamantenschmuggels einsaßen, und andere, die beim Hissen der Nationalfahne vergessen hatten, strammzustehen. Manche Gefangene waren einmal einflussreiche Persönlichkeiten in der Partei gewesen und stolz auf ihre persönliche Freundschaft mit dem Präsidenten.

Gestern erst war ich mit dem Alten angeln, tönte einer: Wenn er hört, was mir hier angetan wird, holt er mich sofort raus und lässt die Idioten festnehmen.

Eine Woche darauf wurde er erschossen.

Viele wussten nicht einmal, was ihnen vorgeworfen wurde. Einige drehten durch. Auch die Wärter wurden verrückt. Die Verhöre waren nicht selten rein zufällig, ziellos, als ginge es gar nicht darum, den Gefangenen Informationen zu entlocken, sondern einfach nur darum, zu foltern, den Willen zu brechen.

In einer solchen Umgebung wundert sich niemand über einen, der eine Ratte auf der Schulter hat. Kleiner Soba kümmerte sich um Esplendor. Brachte ihr Kunststückchen bei. Sagte: Sitz!, und das Tier setzte sich. Er befahl: Tanz!, und die Ratte drehte sich im Kreis. Monte hörte davon und suchte den Gefangenen in seiner Zelle auf.

Man sagt, du hast einen neuen Freund.

Kleiner Soba antwortete nicht. Er hatte für sich selbst festgelegt, dass man mit Agenten der politischen Polizei nicht spricht, es sei denn, sie brüllen. Dann brüllt man zurück und beschuldigt ihn, Handlanger der sozialfaschistischen Diktatur zu sein und so weiter. Das Verhalten des Gefangenen brachte Monte in Rage.

Ich rede mit dir, verdammt! Tu nicht so, als sei ich unsichtbar.

Kleiner Soba kehrte ihm den Rücken zu. Monte drehte durch und zerrte ihn am Hemd. Da entdeckte er Esplendor, schlug das Tier mit der Hand herunter, schleuderte es auf den Boden und trampelte auf ihm herum. Angesichts so vieler, so unermesslicher Verbrechen, wie sie damals zwischen Gefängnismauern begangen wurden, störte der winzige Tod einer Ratte namens Esplendor niemanden – nur Kleiner Soba. Er verfiel in tiefste Depression, lag den ganzen Tag nur noch auf seiner Matte und sprach kein Wort, regungslos, teilnahmslos seinen Zellengenossen gegenüber. Er nahm derart ab, dass man jede einzelne Rippe durch seine Haut schimmern sah wie die Lamellen eines Daumenklaviers. Schließlich brachte man ihn auf die Krankenstation.

Nasser Evangelista war vor seiner Festnahme im Hospital Maria Pia als Hilfskrankenpfleger tätig. Sein Interesse galt ganz allein einer jungen Krankenschwester namens Sueli Miranda, die bekannt war für ihre langen Beine, die sie gern großzügig unter gewagt knappen Miniröcken zeigte, sowie für ihre Angela-Davis-Frisur. Schließlich ließ sich die junge Dame, die mit einem Agenten der Staatssicherheit verlobt war, von den süßen Worten des Kollegen betören. Der Verlobte hatte daraufhin seinen Nebenbuhler, rasend vor Wut, der Verbindung zu Fraktionisten beschuldigt. Auch im Gefängnis arbeitete Nasser wieder auf der Krankenstation. Kleiner Soba in so einem Zustand zu sehen, tat ihm in der Seele weh. Daraufhin schmiedete er einen irren und trotzdem erfolgreichen Plan, den zusammengebrochenen jungen Mann in die Freiheit zurückzubefördern. In eine Freiheit, die relativ ist, denn wie Kleiner Soba selbst sagt, ist niemand frei, solange andere noch nicht frei sind.

Nasser Evangelista stellte für Kleiner Soba den Totenschein aus, also für Arnaldo Cruz, 19 Jahre und Jurastudent. Und er selbst legte ihn in den Sarg. Ein entfernter Cousin, in Wirklichkeit ein Genosse der winzigen Splitterpartei, in der Kleiner Soba aktiv war, nahm den Sarg entgegen und beerdigte ihn unauffällig auf dem Friedhof Alto das Cruzes. Natürlich nicht, ohne zuvor den darin Liegenden zu befreien. Kleiner Soba besuchte das Grab regelmäßig zu jedem Jahrestag seines angeblichen Todes und brachte sich selbst Blumen: Für mich ist das eine Auseinandersetzung mit der Vergänglichkeit allen Lebens und eine Übung in Alterität, sagte er seinen Freunden. Wenn ich da bin, denke ich an mich selbst wie an einen nahen Verwandten. Ich bin ja tatsächlich mein nächster Verwandter. Und denke nach über seine schlechten und guten Seiten und darüber, ob er meine Tränen verdient oder nicht. Fast jedes Mal weine ich etwas.

Erst nach Monaten kam die Polizei hinter den Schwindel. Und Kleiner Soba wurde erneut festgenommen.

Kleiner Soba redete gern mit den Kunsthandwerks-
verkäufern. Er schlenderte gern durch die staubigen Gassen,
zwischen den Buden hindurch, und betrachtete Tücher aus
dem Kongo, tausendundeinen Sonnenaufgang und trom-
melnde Menschen, Chokwe-Masken, die von ihren Herstel-
lern während der Regenzeit erst für ein paar Monate einge-
graben werden, damit sie antik aussahen. Manchmal kaufte
er etwas, nicht unbedingt, weil es ihm gefiel, sondern eher,
um das Gespräch in Gang zu halten. Mehr aus einer Art So-
lidarität, denn aus Geschäftssinn hatte er eine Firma für
Produktion und Vermarktung von Kunsthandwerk aufge-
macht. Er selbst entwarf und erdachte Objekte aus Eben-
holz, die Handwerker dann in Serie fertigten und die er anschließend in kleinen Fair-Trade-Läden in Paris, London
oder New York verkaufen ließ. Mehr als zwei Dutzend
Kunsthandwerker beschäftigte er so. Eins seiner erfolg
reichsten Objekte zeigte den Denker, Angolas bekannteste
Holzskulptur, abgewandelt, mit einem Knebel im Mund.
Die Leute nannten es «Denk nicht mal dran».

An diesem Nachmittag war Kleiner Soba über den Markt
geschlendert, ohne sehr auf die Verkäufer zu achten. Er lä-

chelte, erwiderte hier und da einen Gruß durch ein Kopf-
nicken. Das Konzert von Papy Bolingô sollte gleich begin-
nen. Fofo sang ein altes Lied des Orchestra Baobab. Die Bar
war gut gefüllt. Als er ihn hereinkommen sah, brachte der
Kellner einen Klappstuhl herbei. Er stellte ihn auf, und der
Unternehmer setzte sich. Die Leute lachten begeistert, als
Fofo zum Rhythmus der Musik tanzte und seinen riesigen
Mund auf- und zumachte.

Kleiner Soba hatte das schon oft gesehen. Er wusste, dass
Papy Bolingô in Frankreich im Exil in einem Zirkus gearbeitet hatte. Damals hatte er sicherlich auch sein Bauchred-
nertalent entdeckt und entwickelt, mit dem er nun seinen
Lebensunterhalt bestritt. Doch selbst im privaten Kreis leug-
nete der frühere Tontechniker, dass es ein Trick war:

Fofo kann wirklich sprechen!, wiederholte er unter Ge-
lächter. Fofo singt selbst und nicht ich. Die ersten Worte
habe ich ihm beigebracht, als er noch klein war. Dann hat er
bei mir Singen gelernt.

Dann lass ihn mal singen, wenn du nicht dabei bist!

Das geht nicht! Das macht er nicht. Er ist ein sehr schüch-
ternes Tier.

Kleiner Soba wartete bis das Konzert zu Ende war. Als die
Leute heiter und sehr angeregt von dem Wunder, das sie
soeben erlebt hatten, den Raum verließen, ging er zu den
Künstlern hin:

Glückwunsch! Ihr werdet mit jedem Mal besser.

Danke, antwortete das Flusspferd mit seiner blechernen, dramatischen Baritonstimme: Wir hatten aber auch ein sehr freundliches Publikum.

Kleiner Soba streichelte ihm über den Rücken:

Wie geht es dir auf deinem Bauernhof?

Sehr gut, vielen Dank. Ich habe genug Wasser, viel Schlamm, um mich darin zu suhlen.

Papy Bolingô schüttelte sich vor Lachen. Sein Freund lachte mit. Fofo schien mit ihnen zu lachen, indem er seinen Kopf schüttelte und mit den kräftigen Pfoten auf den Bühnenboden stampfte.

Der Besitzer des Ladens, ein ehemaliger Guerillero namens Pedro Afonso, hatte sein rechtes Bein bei einer Minenexplosion verloren. Die Lust am Tanzen hatte ihm dies aber nicht nehmen können. Wenn man ihn tanzen sah, glaubte niemand, dass er eine Prothese trug. Er kam dazu, als er das Lachen der beiden Freunde hörte, und zeichnete dabei auf dem gestampften Lehmboden verschnörkelte Rumba-Schritte.

Gott schuf die Musik, um die Armen glücklich zu machen.

Er ließ drei Bier kommen:

Auf das Glück der Armen.

Kleiner Soba protestierte:

Und ich?

Du? Ach, ich vergesse immer, dass du ja reich bist. Bei uns

ist das erste Zeichen von Reichtum die Arroganz. Und du bist kein Stück arrogant. Dir ist das Geld nicht zu Kopfe gestiegen.

Danke. Weißt du auch, wie ich reich geworden bin?

Es heißt, es sei ein Vogel vom Himmel gekommen, hätte sich auf deine Hand gesetzt und zwei Diamanten ausgespuckt.

Das ist fast richtig. Ich habe eine Taube getötet, um sie zu essen, und habe in ihrem Kropf diese zwei Diamanten gefunden. Erst vor ein paar Tagen habe ich herausbekommen, wem sie wirklich gehörten. Kleiner Soba machte eine dramatische Pause und genoss das Erstaunen seiner Freunde: Sie gehörten mal meiner Nachbarin, einer alten Portugiesin. Sie hat mehr als zwanzig Jahre in Armut gelebt, obwohl sie reich war. Und mich hat sie reich gemacht, ohne etwas davon zu wissen.

Dann erzählte er die Geschichte und hielt sich lange mit Einzelheiten auf, all den Verstrickungen und Verwirrungen, erfand talentiert und mit wachsender Begeisterung all das, was er gar nicht wissen konnte. Papy Bolingô fragte, ob die Alte für sich auch noch Diamanten behalten hätte. Ja, sagte der Unternehmer. Zwei waren übrig geblieben, die zu groß waren, um damit Tauben zu locken. Die hatte sie zwei Mucubal-Hirten geschenkt. Die Hinterwäldler kannte sie anscheinend, wer weiß, woher. Luanda hat seine Geheimnisse.

Das stimmt, sagte Pedro Afonso. Unsere Hauptstadt steckt voller Geheimnisse. Ich habe hier Sachen gesehen, die gibt es nicht einmal im Traum.

Montes Tod

Magno Moreira Monte kam durch eine Satellitenschüssel zu Tode. Er fiel vom Dach, als er versuchte, sie zu befestigen. Anschließend fiel ihm die Schüssel auf den Kopf. Manche sahen darin eine ironische Allegorie für die neuen Zeiten. Der frühere Agent der Staatssicherheit, letzter Repräsentant einer Vergangenheit, an die sich in Angola nur wenige gerne erinnern, war von der Zukunft erschlagen worden; die freie Kommunikation hatte gesiegt, über den Obskurantismus, das Schweigen und die Zensur; Weltgewandtheit hatte den Provinzialismus erschlagen.

Maria Clara schaute gern brasilianische Telenovelas. Ihr Mann dagegen machte sich nicht viel aus Fernsehen. Die Banalität der Programme ärgerte ihn. Nachrichten ärgerten ihn noch mehr. Er schaute gern Fußball, war für Primeiro de Agosto, Luanda und für Benfica. Manchmal setzte er sich in Schlafanzug und Pantoffeln hin, um einen alten SchwarzWeiß-Film zu schauen. Doch lieber waren ihm Bücher. Er hatte Dutzende Titel zusammengetragen und wollte seine letzten Jahre damit verbringen, Jorge Amado, Machado de Assis, Clarice Lispector, Luandino Vieira, Ruy Duarte de Carvalho, Julio Cortázar und Gabriel García Márquez zu lesen.

Als sie aus der lärmenden, schmutzigen Stadt weggezogen waren, versuchte Monte seine Frau zu überreden, das Fernsehen ganz aufzugeben. Maria Clara war auch einverstanden gewesen. Sie hatte sich angewöhnt, einverstanden zu sein. Die ersten Wochen lasen sie zusammen. Alles schien gut. Doch dann wurde Maria Clara immer trauriger. Stundenlang telefonierte sie mit ihren Freundinnen. Da entschloss sich Monte, ihr eine Satellitenschüssel zu kaufen und zu montieren.

Genau genommen starb er aus Liebe.

Die Begegnung

Maria da Piedade Lourenço war eine zierliche, nervöse Frau, mit nicht besonders gepflegtem gräulichem Bürstenhaarschnitt. Ludo konnte die Feinheiten ihres Gesichts nicht erkennen. Den Bürstenhaarschnitt erkannte sie. Wie ein Huhn, dachte sie und bereute es sofort. Sie war sehr nervös gewesen die letzten Tage vor der Ankunft ihrer Tochter. Als sie sie nun vor sich sah, überkam sie eine große Gelassenheit. Sie bat sie herein. Das Wohnzimmer war inzwischen gestrichen und zurechtgemacht, mit neuem Fußboden, neuen Türen, alles bezahlt von Arnaldo Cruz, ihrem Nachbarn, der ihr auch neue Möbel geschenkt hatte. Er hatte Ludos Wohnung gekauft und ihr das Recht eingeräumt, lebenslang darin wohnen zu bleiben, sowie sich verpflichtet, für Sabalus Ausbildung bis zum Universitätsabschluss aufzukommen.

Sie trat ein. Setzte sich auf einen Stuhl, sehr angespannt, klammerte sich an ihre Handtasche wie an eine Rettungsboje. Sabalu brachte Tee und Gebäck.

Ich weiß nicht, wie ich Sie anreden soll.

Vielleicht mit Ludovica. So heiße ich.

Darf ich dich irgendwann Mutter nennen?

Ludo faltete ihre Hände fest über dem Bauch. Durch das Fenster konnte sie die obersten Zweige des Mulemba-Baums sehen. Kein Lüftchen regte sich.

Ich weiß, dass es keine Entschuldigung gibt, murmelte sie: Aber ich war noch sehr jung, und ich hatte Angst. Das rechtfertigt nicht, was ich getan habe.

Maria da Piedade rückte ihren Stuhl näher. Sie legte ihre rechte Hand auf ihr Knie.

Ich bin nicht nach Luanda gekommen, um etwas zu verlangen. Ich wollte dich kennenlernen. Ich wollte dich in unser Land zurückbringen.

Ludo nahm ihre Hand:

Kind, mein Land ist dieses hier. Ein anderes habe ich nicht.

Sie zeigte auf den Mulemba-Baum:

Ich habe den Baum dort wachsen sehen. Er hat mich alt werden sehen. Wir haben uns oft unterhalten.

Du hast doch bestimmt noch Familie in Aveiro.

Familie?!

Familie, Freunde, ich weiß nicht.

Ludo lächelte zu Sabalu herüber, der sich alles aufmerksam anhörte, in eines der Sofas vergraben:

Meine Familie, das ist dieser Junge, der Mulemba-Baum draußen und das Gespenst eines Hundes. Ich sehe jeden Tag weniger. Ein Augenarzt, den mein Nachbar kennt, sagt, ich werde nie völlig blind werden. Ein Rest Augenlicht wird mir bleiben. Licht und Dunkelheit werde ich immer noch auseinanderhalten, und das Licht hierzulande ist ein Genuss. Ich jedenfalls brauche nicht mehr: Licht, Sabalu, der mir vorliest, und das Vergnügen eines Granatapfels jeden Tag.

Eine Taube namens Amor

Die Taube, die das Leben des Kleinen Soba veränderte – und darüber hinaus auch noch seinen Hunger gestillt hatte, hieß Amor. Grotesk? Schuld daran war Maria Clara. Sie hat ihr den Namen gegeben. Die spätere Ehefrau von Magno Moreira Monte war zu Zeiten der Unabhängigkeitserklärung auf der Oberschule. Ihr Vater, Horácio Capitão, Zollbeamter, war Brieftaubenzüchter. Die Tauben, denen Maria Clara einen Namen gab, wurden oft Sieger. Wie lange vor Amor schon Namorado (1968), Amoroso (1971), Clamoroso (1973) und Encantado (1973). Amor wäre fast schon als Ei fortgeworfen worden. Das taugt nicht, hatte Horácio #Capitão seiner Tochter erklärt: Schau mal die Schale, zu rau, viel zu dick. Eine gesunde, kräftige Taube, die gut fliegt, schlüpft aus Eiern mit glatter und glänzender Schale. Das Mädchen hatte das Ei in ihren feingliedrigen Fingern gedreht und erklärt:

Das wird ein Sieger. Und ich werde sie Amor nennen.

Amor kam auf dürren Beinchen zur Welt. Piepste erbärmlich in seinem Schüsselchen. Sogar das Federkleid wollte nicht kommen. Horácio Capitão hielt mit seinem Missfallen und seinem Ärger nicht hinterm Berg:

Wir sollten sie abstoßen, Maria Clara. Das Vieh wird nie richtig fliegen. Es ist ein Verlierer. Als Taubenzüchter muss man die guten von den schlechten Tauben unterscheiden können. Die schlechten kommen weg, man hält sich nicht mit ihnen auf.

Nein!, sagte die Tochter: Ich glaube an diese Taube. Amor, die Liebe, wird siegen.

Tatsächlich begann Amor, sich zu entwickeln. Wuchs sogar viel zu viel. Als er die Taube fett und viel größer als alle anderen aus dem Gelege werden sah, schüttelte Horácio Capitão abermals seinen Kopf:

Wir sollten sie essen. Zu große Tauben haben höchstens bei Schnelligkeitswettbewerben eine Chance. Entfernungen schaffen sie nicht.

Er sollte sich täuschen. Amor erfüllte Maria Claras Erwartungen. 1974 und 1975 waren seine großen Jahre. Er war schnell, entschlossen und kehrte zuverlässig zum Taubenschlag zurück:

Das Vieh hat ein erstaunliches Heimfindevermögen, musste schließlich auch Horácio Capitão eingestehen: Heimfindevermögen ist die wichtigste Eigenschaft einer guten Taube.

Beim Blick in den Spiegel sah Horácio Capitão einen großen, muskulösen Mann, obgleich er, ganz im Gegenteil, kaum mehr als einen Meter sechzig groß war, schmächtige Arme, schmale Schultern und den Knochenbau eines Singvogels hatte. Doch einer Auseinandersetzung ging er nie aus dem Weg, und wenn er die Gelegenheit hatte, den ersten Schlag auszuteilen, tat er das, auch auf die Gefahr hin, die Schläge auf sein schwaches Fleisch, das trotzdem immer stark war wie das eines Kolosses, zurückzubekommen. Er war in Luanda geboren, als Kind einer kleinbürgerlichen Mischlingsfamilie, und war nur ein einziges Mal in Portugal gewesen. Dennoch fühlte er sich, wie er sich ausdrückte, *als Portugiese der Sieben Gestade.* Die Aprilrevolution machte ihn wütend und fassungslos. Mal wütender, mal eher fassungslos, mal verzweifelt hob er die Augen zum Himmel, mal polterte er über die Verräter und Kommunisten, die niederträchtig versuchten, Angola dem sowjetischen Imperium einzuverleiben. Entsetzt sah er den Bürgerkrieg ausbrechen und den Sieg der MPLA und ihrer Verbündeten aus Kuba und dem Ostblock. Er hätte nach Lissabon gehen können, wie so viele andere. Aber er wollte nicht:

Solange es in diesem Land einen aufrechten Portugiesen gibt, gehört Angola zu Portugal.

In den Monaten nach der Unabhängigkeit sah er die Tragödien, die er vorausgesagt hatte, eine nach der anderen eintreten: die Flucht der Kolonisten und eines Großteils der einheimischen Bourgeoisie, die Schließung der Fabriken und kleiner Geschäfte, den Zusammenbruch der Wasserversorgung, der Stromversorgung, der Müllabfuhr, die Massenfestnahmen, Erschießungen. Er vernachlässigte seinen

Taubenschlag. Saß nur noch im Biker. Habe ich's nicht gesagt?!, sagte er zu seinen wenigen Freunden, meist frühere Beamte, die noch in das Bierlokal gingen. So nervtötend, so hartnäckig wiederholte er diese Litanei, immer dieselben düsteren Vorahnungen, dass sie ihn irgendwann nur noch «Hab-ich's-nicht-Gesagt» nannten.

Eines nebligen Morgens stieß er beim Aufschlagen der Zeitung auf ein Bild von einer Demonstration. Im Vordergrund sah er, im Arm von Magno Moreira Monte, seine Maria Clara und rannte sofort mit der Zeitung zu seinem Freund Artur Quevedo, der früher Informant der portugiesischen politischen Polizei gewesen und nun gelegentlich für die neuen Sicherheits- und Informationsdienste tätig war:

Kennst du den Typen? Wer ist das?

Quevedo schaute seinen Freund mitleidig an:

Ein fanatischer Kommunist. Von der schlimmsten Sorte. Intelligent, entschlossen und ein überzeugter Portugiesenhasser.

Panisch war Horácio nach Hause zurückgekehrt. Seine Tochter, sein Mädchen, seine Prinzessin, war in die Hände der Subversion gefallen. Er wusste gar nicht, was er seiner verstorbenen Frau sagen sollte, wenn er sie dereinst wiedersähe. Sein Herz raste immer schneller. Je näher er seinem Zuhause kam, desto wütender wurde er. Als er die Tür öffnete, brüllte er:

Maria Clara!

Seine Tochter kam aus der Küche und wischte sich die Hände an ihrer Schürze ab:

Was ist, Vater?

Ich will, dass du auf der Stelle die Koffer packst. Wir fahren zurück ins Mutterland.

Wie bitte?!

Maria Clara war gerade 17 geworden. Sie hatte von ihrer Mutter die sanfte Schönheit geerbt und vom Vater den Mut und die Dickköpfigkeit. Der acht Jahre ältere Monte war ihr Portugiesischlehrer gewesen, 1974, im Jahr der Euphorie. Er hatte alles, was man an Horácio vermisste, und das zog sie an. Auch die tiefe Stimme, mit der ihr Lehrer im Unterricht Verse von José Régio vorlas, verführte sie: *Mein Leben ist ein entfesselter Sturm. / Eine Welle, die sich erhoben hat. / Noch ein in Bewegung versetztes Atom ... / Woher ich komme, weiß ich nicht, / weiß nicht, wohin ich gehe. / Nur, dass es nicht hier entlang ist, weiß ich!*

Sie legte die Schürze ab. Trampelte wütend auf ihr herum:

Geh alleine nach Portugal. Ich bleibe in meinem Land.

Horácio gab ihr eine Ohrfeige:

Du bist siebzehn, du bist meine Tochter. Du tust, was ich sage. Zunächst einmal hast du Hausarrest, damit du nicht noch mehr Dummheiten machst.

Er wies die Haushälterin an, Maria Clara nicht mehr aus dem Haus zu lassen, und ging Flugtickets kaufen. Er verkaufte

das Auto zu einem lächerlich niedrigen Preis an Artur Quevedo und gab ihm auch einen Zweitschlüssel zu seinem Haus:

Geh bitte jeden Tag dort die Fenster öffnen, den Garten
gießen. Die Leute sollen denken, es sei noch bewohnt. Ich
will nicht, dass die Kommunisten mein Haus besetzen.

Maria Clara blieben für Wochen nur noch die Tauben, um
sich mit ihrem Freund zu verständigen. Horácio hatte auch
das Telefon abgemeldet, nachdem er Anrufe mit Todesdro-
hungen erhalten hatte. Keine politischen Drohungen. Nicht
die Spur. Er verdächtigte einen neidischen Kollegen. Monte
wiederum reiste viel in geheimer Mission, oft in Kampf-
gebiete. Maria Clara, die sich zu dieser Zeit ganz allein um
den Taubenschlag kümmerte, gab ihm jedes Mal zwei oder
drei Tauben mit, die er morgens mit Liebesgedichten oder
kurzen Mitteilungen am Bein fliegen ließ.

Über die Hausangestellte gelang es Maria Clara, eine
Freundin zu benachrichtigen, und diese machte sich auf die
Suche nach Monte. Sie spürte ihn in Viana auf, wo er Ge-
rüchten über die Vorbereitung eines Militärputsches nach-
ging. Angeblich von schwarzen Offizieren, die mit der
Vorherrschaft von Mulatten und Weißen in den höchsten
Rängen des Militärs unzufrieden waren. Monte setzte sich
hin und schrieb:

*Morgen. Sechs Uhr. Übliche Stelle. Pass auf Dich auf. Ich
liebe Dich.*

Er steckte die Nachricht in ein kleines Plastikröhrchen,

das er am rechten Bein einer der beiden Tauben, die er dabei-
hatte, befestigte. Dann ließ er sie fliegen.

Maria Clara wartete vergeblich auf die Antwort. Sie weinte
die ganze Nacht. Wehrte sich nicht, als sie zum Flughafen
fuhren. Bis sie in Lissabon waren, sprach sie kein Wort. Sie
blieb auch nur kurz in der portugiesischen Hauptstadt. Fünf
Monate nach ihrem achtzehnten Geburtstag kehrte sie nach
Luanda zurück und heiratete Monte. Horácio schluckte seinen Stolz herunter, packte seine Koffer und folgte der Tochter. Erst viel später erfuhr er, dass der zukünftige Schwager
mehrmals seine Festnahme verhindert hatte, in den turbu-
lenten Jahren nach der Unabhängigkeit. Gedankt hat er ihm
dafür nie. Doch auf der Beerdigung war er derjenige, der am
meisten weinte.

Gott wiegt die Seelen auf einer Goldwaage ab. Auf der
einen Seite die Seelen, auf der anderen alle Tränen derjeni-
gen, die um sie weinen. Weint niemand, geht die Seele hinab
in die Hölle. Wenn genügend und ausreichend aufrichtige
Tränen da sind, kommt sie in den Himmel. Daran glaubte
Ludo fest. Oder wollte zumindest daran glauben. Jedenfalls
sagte sie zu Sabalu:

Ins Paradies kommen Leute, die von anderen vermisst
werden. Das Paradies ist unser Platz im Herzen der anderen.
So hat es mir meine Großmutter erzählt. Ich selbst glaube
das nicht. Ich würde an alles, das einfach ist, gerne glauben – nur der Glaube daran fehlt mir.

Monte wurde beweint. Doch ich kann ihn mir nicht im Paradies vorstellen. Vielleicht schmort er in einem finsteren Winkel der Ewigkeit zwischen dem strahlenden Himmel und der zuckenden Höllenfinsternis und spielt mit seinen Schutzengeln Schach. Wenn sie gut spielen, ist das für ihn fast schon das Paradies.

Horácio Capitão dagegen, der «Hab-ich's-nicht-Gesagt», verbringt seine Abende in einer heruntergekommenen Bar auf der Ilha de Luanda, trinkt Bier und streitet mit Vitorino Gavião, Artur Quevedo und noch zwei oder drei alten Wracks aus früheren Zeiten über Politik. Angolas Unabhängigkeit erkennt er bis heute nicht an. Er glaubt, so, wie sich der Kommunismus erledigt hat, wird sich auch die Unabhängigkeit irgendwann erledigen. Und er züchtet immer noch Tauben.

Das Geständnis des Jeremias Carrasco

Zurück zu dem Morgen, an dem Nasser Evangelista sich vom Widerhall finsterer Stimmen getrieben mit einem Messer auf Monte stürzte. Aus dem Durcheinander der Leute, die vor Ludos Tür zusammengekommen waren, stachen, wie man sich vielleicht erinnern kann, zwei schwarz gekleidete Gestalten heraus. Die Alte bemerkte sie erst nach der schmählichen Flucht Montes und dem (ebenfalls hastigen) Abgang von Baiacu. Sie fielen ihr auf, doch sie wusste nicht, was sie wollten, denn unterdessen hatte Daniel Benchimol damit begonnen, ihr den Brief vorzulesen, den Maria da Piedade Lourenço an das *Jornal de Angola* geschrieben hatte.

Die beiden Männer warteten, bis der Journalist fertig war. Sie wurden schweigende Zeugen von Ludos Not, ihren Tränen, die sie mit dem Handrücken fortwischte. Schließlich ging Daniel fort, mit dem Versprechen, Maria da Piedade zurückzuschreiben, und sie traten vor. Der Ältere gab Ludo die Hand, aber der Jüngere redete:

Wir würden gern kurz hereinkommen, Mütterchen.

Was wünschen Sie?

Jeremias Carrasco zog ein Heft aus der Jackentasche und

kritzelte etwas hinein. Er hielt es Ludo hin, aber sie schüttelte den Kopf:

Ich erkenne das Heft, aber ich kann die Schrift nicht lesen. Sind Sie stumm?

Der junge Mann las laut vor:

Lassen Sie uns bitte hinein. Ich möchte Sie um Vergebung bitten und um Hilfe.

Ludo schaute die beiden fest an:

Ich habe nichts, wo Sie sitzen könnten. Ich habe seit dreißig Jahren keinen Besuch mehr bekommen.

Jeremias schrieb wieder, dann zeigte er das Heft seinem Sohn:

Wir können auch stehen. Vater sagt, Stühle machen ein Gespräch nicht besser, nicht einmal, wenn sie bequem sind.

Ludo bat sie herein. Sabalu holte vier alte Olivenölkanister. Darauf nahmen sie Platz. Jeremias schaute erschrocken auf den Zementboden, die dunklen, mit Holzkohle bekritzelten Wände. Er nahm seine Mütze ab. Sein rasierter Schädel glänzte im Halbdunkel. Dann schrieb er wieder etwas in sein Heft.

Ihre Schwester und Ihr Schwager sind bei einem Autounfall ums Leben gekommen, las der Junge vor: Es war meine Schuld. Ich habe sie umgebracht. Ich kannte den alten Pico aus Uige. Zu Beginn des Krieges kam er zu mir, weil ihm jemand von mir erzählt hatte. Er brauchte meine Hilfe, um der Diamantengesellschaft eins auszuwischen. Eine saubere Sache, gut durchgeführt, ohne Blutvergießen, ohne Verwicklungen. Wir vereinbarten, dass jeder die Hälfte der Steine bekommen sollte. Ich tat, was ich zu tun hatte, es ging alles gut, aber am Ende machte sich Pico aus dem Staub. Ich stand mit leeren Händen da. Er hatte wohl nicht damit gerechnet, dass ich ihn bis Luanda verfolgen würde. Doch da kannte er mich schlecht. Ich kam in die Stadt, als sie von Mobutus Truppen und unseren Leuten umzingelt war, ein Himmelfahrtskommando, und schaute mich zwei Tage lang um, bis ich ihn schließlich aufstöberte, auf einem Fest auf der Ilha de Luanda. Als er mich sah, wollte er fliehen. Ich folgte ihm mit dem Auto, wie im Film. Da geriet er ins Schleudern und prallte gegen einen Baum. Ihre Schwester war sofort tot. Pico lebte noch lang genug, um mir zu sagen, wo er die Diamanten versteckt hatte. Es tut mir sehr leid.

António las stockend. Vielleicht wegen des spärlichen Lichts, vielleicht, weil er das Lesen nicht gewohnt war, vielleicht auch, weil es ihm schwerfiel, zu glauben, was er lesen musste. Als er geendet hatte, schaute er mit erschrockenem Blick zu seinem Vater auf. Der Alte hatte sich mit dem Rücken an die Wand gelehnt und atmete schwer. Er nahm António das Heft aus der Hand und schrieb noch etwas. Ludo hob ihre Hand, wie beiläufig, kraftlos, und wollte ihn daran hindern:

Regen Sie sich nicht noch weiter auf. Man kann Fehler

nicht wiedergutmachen. Vielleicht muss man sie einfach vergessen. Wir sollten das Vergessen üben.

Jeremias schüttelte entgeistert den Kopf. Dann schrieb er noch etwas in das kleine Heft und gab es seinem Sohn:

Vater will nicht vergessen. Vergessen heißt sterben, sagt er. Vergessen heißt aufgeben.

Der Alte schrieb weiter:

Vater bittet mich, von meinen Leuten zu erzählen. Er will, dass ich von den Rindern erzähle. Rinder sind unser Reichtum, aber man kann sie nicht kaufen oder verkaufen. Wir freuen uns an ihnen. Wir mögen ihr Brüllen.

In der Isolation unter den Mucubal war Jeremias nicht als neuer Mensch wiedergeboren, sondern als viele Menschen, ein ganzes Volk. Davor war er nur er selbst gewesen, umgeben von anderen. Im günstigsten Fall in der Umarmung von anderen. In der Wüste hatte er sich zum ersten Mal als ein Teil eines Ganzen gefühlt. Es gibt Biologen, die eine Biene, eine Ameise für nicht mehr als eine sich bewegende Zelle eines Individuums halten. Die wirklichen Organismen seien das Bienenvolk oder der Ameisenbau. Auch ein Mucubal kann nicht ohne die anderen sein.

Als António vorlas, erinnerte sich Ludo dunkel an das, was ihr Vater über ein paar Verse von Fernando Pessoa gesagt hatte: *Mir tun die Sterne leid / Die schon so lange leuchten, / Schon so lang ... / Tun sie mir leid. // Gibt es nicht auch Ermüdung / Der Dinge / Aller Dinge / Wie etwa der Arme oder eines Beins? // Es leid zu sein, zu existieren / Zu sein, / Nur zu sein, / Trauriges Funkeln zu sein oder Lächeln ... // Gibt es nicht schließlich, / Für alle Dinge, die sind / Keinen Tod, sondern / Eine Art anderes Ende / Oder eine Art anderen Sinn / Etwas anderes in dieser Art / Vielleicht wie Vergebung?*

António erzählte von den neuen Grundbesitzern, vom Stacheldraht durch die Wüste, der den Weg zu den Weiden versperrte. Würden sie mit Gewalt darauf reagieren, käme es zu entsetzlichen Kriegen, in denen die Mucubal ihre Rinder, ihre Seele und ihre Freiheit verlieren würden. Wie 1940, als die Portugiesen fast das gesamte Volk getötet und die Überlebenden als Sklaven in die Plantagen nach São Tomé geschickt hatten. Eine andere Lösung wäre, so sagte Jeremias, dass sie selbst das Land kauften, das schon seit Ewigkeit den Kuvale, den Himba, den Muchavicua gehört hatte, nun aber im Besitz von Generälen und erfolgreichen Unternehmern sei, die zumeist nicht die geringste Verbindung zum unermesslichen Himmel des Südens hätten.

Ludo stand auf, ging die Diamanten holen, die sie noch hatte, und gab sie Jeremias.

Der Unfall

Oft, wenn ich in den Spiegel schaute, sah ich ihn hinter mir. Jetzt sehe ich ihn nicht mehr. Vielleicht, weil ich nicht mehr so gut sehen kann (Vorteil des Erblindens), vielleicht, weil wir nun andere Spiegel haben. Als ich das Geld für die Wohnung bekam, kaufte ich neue. Und trennte mich von den alten. Mein Nachbar wunderte sich:

Das Einzige, was in Ihrer Wohnung noch in Ordnung war, sind die Spiegel gewesen.

Nein! Ich ärgerte mich: Die Spiegel sind überschattet.

Überschattet?

Ja, Herr Nachbar. Zu viele Schatten. Sie lagen zu lang in der Einsamkeit.

Ich wollte ihm nicht sagen, dass ich oft, wenn ich in diese Spiegel sah, den Mann über mir sah, der mich vergewaltigt hatte. Damals ging ich noch vor die Tür. Ich lebte ein fast gewöhnliches Leben. Ich fuhr mit dem Fahrrad zur Schule und wieder nach Hause. Im Sommer mieteten wir ein Haus an der Costa Nova. Ich ging schwimmen. Ich schwamm gern. Eines Abends, als ich vom Strand auf dem Heimweg war, merkte ich, dass ich das Buch liegen gelassen hatte, das ich gerade las.

Ich ging alleine zurück, um es zu holen. Es gab dort eine Reihe von Strandhütten. Inzwischen war es dunkel geworden, und sie waren verlassen. Ich ging zu der Hütte, wo wir gewesen waren, und trat ein. Ich hörte ein Geräusch, und als ich mich umwandte, sah ich jemanden in der Tür stehen und lächeln. Ich kannte ihn. Ich sah ihn immer in der Bar mit meinem Vater Karten spielen. Ich wollte ihm erklären, warum ich da war. Ich kam nicht dazu. Ehe ich mir gewahr wurde, war er schon über mir. Er zerriss mein Kleid, zog mir das Höschen runter und drang in mich ein. Ich kann mich noch an den Geruch erinnern. Die rauen Hände, die grob meine Brüste fassten. Ich schrie. Er schlug mir ins Gesicht. Kräftig und immer wieder, nicht voller Hass, nicht voll Wut, sondern als würde es ihm Spaß machen. Ich verstummte. Ich kam schluchzend nach Hause, das Kleid zerrissen, voller Blut, mein Gesicht war geschwollen. Mein Vater verstand sofort. Er tobte. Er schlug mich. Während er mit dem Gürtel auf mich eindrosch, brüllte er, Hure, Herumtreiberin, du Verdammte. Noch heute höre ich dieses Hure! Hure! Meine Mutter an ihn geklammert. Meine Schwester in Tränen.

Ich habe nie erfahren, was mit dem Mann passiert ist, der mich vergewaltigt hat. Er war Fischer. Es heißt, er sei nach Spanien geflohen. Er ist verschwunden. Ich wurde schwanger. Schloss mich in mein Zimmer ein. Hörte, wie draußen die Leute flüsterten. Als es soweit war, kam eine Hebamme, um mir zu helfen. Ich konnte nicht einmal das Gesicht meiner Tochter sehen. Sie haben sie mir weggenommen.

Die Schande.

Die Schande, die mich daran hinderte, das Haus zu verlassen. Mein Vater starb, ohne je wieder ein Wort an mich zu richten. Wenn ich den Raum betrat, stand er auf und ging. Sechs Jahre danach war er tot. Einige Monate darauf folgte ihm meine Mutter. Ich zog zu meiner Schwester. Nach und nach begann ich, zu vergessen. Jeden Tag musste ich an meine Tochter denken. Jeden Tag mühte ich mich, nicht an sie zu denken.

Ich konnte nie mehr auf die Straße gehen, ohne mich zutiefst zu schämen.

Das ist jetzt vorbei. Ich gehe hinaus auf die Straße, ohne mich zu schämen. Ohne Angst. Ich gehe hinaus auf die Straße, und die Straßenverkäuferinnen grüßen mich. Lächeln mich an wie Verwandte.

Die Kinder spielen mit mir, geben mir die Hand. Ich weiß nicht, ob sie es tun, weil ich so alt bin oder weil ich noch Kind bin wie sie.

Letzte Worte

Ich taste mich über die Buchstaben. Eine seltsame Erfahrung, weil ich nicht erkennen kann, was ich schreibe. Also schreibe ich nicht für mich.

Für wen schreibe ich?

Ich schreibe für die, die ich einmal war. Vielleicht gibt es sie noch, die ich verlassen habe, und sie steht still, düster, in einer Ecke der Zeit – einer Kurve, einer Verzweigung – und kann auf rätselhafte Weise die Zeilen lesen, die ich hier schreibe, ohne sie sehen zu können.

Liebe Ludo: Ich bin jetzt glücklich.

Blind sehe ich besser als du. Ich weine über deine Blindheit, deine unendliche Dummheit. Es wäre so einfach gewesen, die Tür aufzumachen, so leicht, auf die Straße zu gehen und das Leben zu genießen. Ich sehe dich durch das Fenster schauen, erschrocken, wie ein Kind, das im Bett liegt und auf Gespenster wartet.

Gespenster, zeig mir die Gespenster: die Leute draußen auf der Straße.

Meine Leute.

Es tut mir so leid, was du alles verloren hast.

Es tut mir so leid.

Aber ist sie nicht genau wie du, diese unglückliche Menschheit?

In den Träumen fängt alles an

In ihrem Traum war Ludo noch ein Kind. Sie saß an einem weißen Sandstrand. Sabalu lag auf dem Rücken, den Kopf in ihrem Schoß, und schaute aufs Meer hinaus. Sie redeten von früher und über die Zukunft. Tauschten Erinnerungen aus. Lachten darüber, auf welch seltsame Weise sie sich kennengelernt hatten. Ihr Lachen scheuchte die Luft auf wie das Funkeln der Vögel den schläfrigen Morgen. Da erhob sich Sabalu:

Der Tag ist da, Ludo. Wir gehen.

Und sie gingen in Richtung des Lichts, lachend und plaudernd, als stiegen sie in ein Boot.

Lissabon, 5. Februar 2012

Danksagungen und Bibliografie

Eines schon fernen Nachmittags im Jahr 2004 stellte mich der Filmemacher Jorge António vor die Herausforderung, das Drehbuch für einen Spielfilm zu schreiben, der in Angola spielen sollte. Ich erzählte ihm die Geschichte einer Portugiesin, die sich 1975, wenige Tage vor der Unabhängigkeit, aus Angst vor dem Verlauf der Ereignisse eingemauert hatte. Jorges Begeisterung ließ mich dieses Drehbuch schreiben. Das Filmprojekt blieb auf der Strecke, doch ich schrieb daraufhin diesen Roman. Für die Kapitel über die Kuvale holte ich mir Inspiration in den Gedichten von Ruy Duarte de Carvalho, und auch in einem seiner brillanten Essays: *Aviso à Navegação – olhar sucinto e preliminar sobre os pastores kuvale.*

Verschiedene Leute haben mir geholfen, dieses Buch zu schreiben. Ich danke vor allem meinen Eltern, die stets meine ersten Leser sind, und auch Patrícia Reis und Lara Longle. Schließlich geht mein Dank an die brasilianische Dichterin Christiana Nóvoa, die für mich Ludos Verse «Haiku» und «Exorzismus» schrieb.

Ortsnamen

Aveiro – Stadt an der Atlantikküste in Nordportugal, ca. 60 km südlich von Porto.

Benguela – Stadt im Westen Angolas und Hauptstadt der gleichnamigen Provinz.

Catete – Ort in der nordangolanischen Provinz Bengo, ca. 60 km östlich der Hauptstadt Luanda.

Cuanza – auch: Kwanza. Fluss in Angola. Entspringt im Hochland und mündet 50 km südlich von Luanda ins Meer.

Dundo – Stadt im Nordosten Angolas an der Grenze zu Zaire / Kongo, 1917 von der Diamantengesellschaft Diamang gegründet.

Huambo – Hauptstadt der gleichnamigen Provinz im mittleren Westen Angolas. Geburtsort des Autors.

Ilha de Luanda – offiziell: Ilha do Cabo. Landzunge zwischen Luanda und dem Atlantischen Ozean. Beliebter Ausflugs- und Vergnügungsort.

Luanda – Hauptstadt Angolas.

Minho – Nördlichste Küstenregion Portugals; grenzt an Galicien.

Namibe – Provinz im südwestlichen Angola.

Mossâmedes – oder: Moçâmedes, 1985 in Namibe umbenannt. Stadt im südwestlichen Angola, ca. 200 Kilometer nördlich der Grenze zu Namibia. Hauptstadt der Provinz > Namibe.

Quinaxixe – auch Kinaxixi. Platz in der Innenstadt Luandas.

Uige – Provinz im Norden Angolas an der Grenze zum Kongo.

Viana – Außenbezirk Luandas.

Virei – Kleinstadt im Südosten Angolas in der Provinz > Namibe, bekannt für seine Viehzucht.

Begriffe und Personen

ANC – African National Congress / Afrikanischer Nationalkongress. Führende Widerstandsbewegung gegen die Apartheid in Südafrika. Bis 1990 illegal, seit 1994 Regierungspartei in Südafrika.

Ary Barroso – (1903–1964) brasilianischer Komponist und Sänger.

Audaces Fortuna Juvat – Lateinisch: Den Tapferen hilft das Glück; Motto der portugiesischen Spezialkräfte im Kolonialkrieg.

Cacimbo – Dichter Nebel, typisch für die angolanische Trockenzeit.

Camarada – «Genosse». Gebräuchliche Anrede aus sozialistischer Zeit.

Chokwe-Masken – Chokwe: Volk im Süden Angolas.

Cuca – Bekannteste Biermarke in Angola.

Elza Soares – Brasilianische Samba-Sängerin.

FNLA – Frente Nacional de Libertação de Angola: Nationale Front zur Befreiung Angolas. Eine von drei Unabhängigkeitsbewegungen im Kolonialkrieg. Heute Oppositionspartei.

Fraktionisten – Bezeichnung für linke und linksradikale Abweichler von der Mehrheitsdoktrin der > MPLA, insbesondere für Anhänger des am 27. Mai 1977 gescheiterten Staatsstreichs, auf den eine Welle der Repression und der «Säuberungen» folgte.

Ginga – Königin Ginga (Nzinga von Matamba, 1583–1663) organisierte als Königin von Ndongo und Matamba den Widerstand gegen die portugiesischen Kolonisationsbestrebungen. Gilt als Symbol des afrikanischen Widerstands gegen den Kolonialismus.
Auch: Grundschritt im afrobrasilianischen Kampftanz Capoeira; davon abgeleitet Synonym für Rhythmus, Geschmeidigkeit, Leichtigkeit der Bewegung.

Himba – Ethnie im Norden Namibias und Süden Angolas.

Jornal de Angola – 1975 gegründete und bis heute vom Staat kontrollierte, auflagenstärkste angolanische Tageszeitung. Bis 2008 einzige Tageszeitung Angolas.

Kianda – Wassergöttin der angolanischen Mythologie.

Kifangondo – Kleinstadt 30 km nördlich von Luanda. Schauplatz der entscheidenden Schlacht der angolanischen Streitkräfte gegen die oppositionelle > FNLA im November 1975.

Kota – gebräuchliche, bisweilen respektvolle Anrede. Abgeleitet von dem Kimbundu-Wort *dikota* – älterer Herr.

Kuduro – Ende der 1980er entstandener angolanischer Tanz- und Musikstil, der afrikanische Rhythmen mit House, Techno und anderen elektronischen Elementen verbindet.

Kumbu – Umgangssprachlich für Geld, Kohle, Zaster. Abgeleitet von dem Kimbundu-Wort *ukumbu* = Eitelkeit.

Kuribeka – Freimaurerorganisation in Angola.

Kuvale – Hirtenvolk im Süden Angolas.

Lingála – Ursprünglich aus Zentralafrika stammende Sprache.

malembelembe – oder: malembe-malembe: Langsam; langsam; gemächlich; aus dem Lingála / Kimbundu: Málembe: langsam, langsam.

Mamã – Respektvolle Anrede für eine ältere Frau.

Mobutus Truppen – Truppen des Diktators Mobutu Sese Seko Kuku Ngbendu wa Zabanga (1930–1997). Von 1965 bis 1997 Präsident der Demokratischen Republik Kongo. Seine Regierungszeit gilt als eine der längsten und korruptesten Diktaturen Afrikas. Die Truppen Mobutus griffen in den angolanischen Bürgerkrieg auf Seiten der oppositionellen, auch mit Südafrika verbündeten > FNLA ein.

Morro dos Veados – Südlich von Luanda gelegenes Strandresort.

MPLA – Movimento Popular de Libertação de Angola: Volksbewegung für die Befreiung Angolas. Seit der Unabhängigkeit 1975 Regierungspartei.

Muchavicua – Untergruppe der Herero.

Mucubal – Halbnomadisches Herero-Volk in Südangola.

Musseques – Armenviertel, Slums in Luanda.

Nkumbi – Bantu-Sprache in Angola.

Quimbandeiro – Traditioneller Heiler.

Roque-Santeiro – 1991 unter dem Namen Mercado Popular da Boavista in Luanda eröffneter, größter Freiluftmarkt Afrikas. Die volkstümliche Bezeichnung «Roque Santeiro» stammt aus einer brasilianischen Telenovela. 2011 von der Stadtverwaltung Luandas geschlossen.

Salazaristen – Anhänger des portugiesischen Diktators António de Oliveira Salazar (1889–1970), dessen Regime 1974 mit der Nelkenrevolution gestürzt wurde. Synonym für portugiesische Faschisten.

Sapeur – nach dem informellen französischen Begriff *sape* für Klamotten. Die *Sapeurs* entstanden als soziale und kulturelle Bewegung Mitte der 1970er Jahre in Kinshasa und Brazzaville. Extravagante Kleidung steht dabei in provokantem Kontrast zu Tristesse und Repression im Alltag.

Tchê – Ausruf des Erstaunens.

UNITA – União Nacional para a Independência Total de Angola: Nationale Union für die totale Unabhängigkeit Angolas. Nach der Unabhängigkeit wichtigster Gegner der siegreichen > MPLA im angolanischen Bürgerkrieg. Heute Oppositionspartei.

Zitierte Texte

João Cabral de Melo Neto – brasilianischer Dichter (1920–1999): Morte e Vida Severina. Vertont 1966 von Chico Buarque – brasilianischer Sänger und Lyriker.

Ruy Duarte de Carvalho – angolanischer Schriftsteller, Filmemacher und Ethnologe (1941–2011): Aviso à Navegação. Olhar sucinto el preliminar sobre os pastores kuvale.

José Régio – portugiesischer Dichter (1901–1969): «Cântico Negro» (Schwarzer Gesang).

Fernando Pessoa – portugiesischer Dichter (1888–1935) – Tenho dó das estrelas, in: Mensagem Nr. 1, 1938.

Jacques Brel – französischer Chansonnier (1929–1978): La ville s'endormait.

Die portugiesische Originalausgabe erschien 2012
unter dem Titel »Teoria Geral do Esquecimento«
im Verlag Dom Quixote, Lissabon

Die deutsche Übersetzung wurde gefördert von
Direção-Geral do Livro, dos Arquivos e das Bibliotecas

Verlagsgruppe Random House FSC® N001967

1. Auflage
Genehmigte Taschenbuchausgabe Januar 2020
btb Verlag in der Verlagsgruppe Random House GmbH,
Neumarkter Straße 28, 81673 München
Copyright © José Eduardo Agualusa, 2012
Copyright der deutschsprachigen Ausgabe:
© Verlag C.H.Beck oHG, München 2017
Lizenzausgabe mit freundlicher Genehmigung der
C.H.Beck oHG, München
Umschlaggestaltung: semper smile, München,
nach einem Entwurf von Rothfos & Gabler, Hamburg
Umschlagmotive: © Fotolia (Huhn) und shutterstock
Druck und Einband: GGP Media GmbH, Pößneck
JT · Herstellung: sc
Printed in Germany
ISBN 978-3-442-71797-2

www.btb-verlag.de
www.facebook.com/btbverlag

José Eduardo
Agualusa

Die
Gesellschaft
der
unfreiwilligen
Träumer

Roman   C.H.Beck

304 Seiten mit 2 Karten. Gebunden
ISBN 978-3-406-73374-1

In diesem wunderbar poetisch geschriebenen, rebellischen,
aber auch komischen Roman geht es um die Sprengkraft,
das Geheimnis und den Zauber von Träumen, die kollektiv
geträumt, sogar ein Regime zum Abtreten zwingen können.
Es geht um private, politische und utopische Träume und
um die traumhaft verschlungene, rätselhafte Realität des
Lebens selbst. Ein Fest des Erzählens.

VERLAG C.H.BECK

António Lobo Antunes

Kommission der Tränen

Roman

384 Seiten, btb 71404
Aus dem Portugiesischen von Maralde Meyer-Minnemann

Ein zerrissenes Land. Eine zerrissene Seele.

Im Werk des weltberühmten Schriftstellers Lobo Antunes haben
die Kolonialkriege seines portugiesischen Heimatlandes schon
immer einen festen Platz. Nun geht er einen Schritt weiter
und schreibt über das postkoloniale Angola, über die Zeit
nach der Befreiung von der portugiesischen Herrschaft, als die
damalige kommunistische Regierung auf brutale Weise gegen
Oppositionelle in den eigenen Reihen vorging. Und es wäre kein
Roman von Lobo Antunes, dem Meister der Polyphonie, wenn
es nicht viele widerstreitende, melodische und rhythmisch sich
abwechselnde Stimmen wären, die von der »Kommission der
Tränen« und ihren fatalen Folgen erzählen und davon, wie ein
Land seine Unschuld verlor.

»Das ist existenzielles Schreiben, das man nur
bewundern kann.«
Mannheimer Morgen

btb

António Lobo Antunes

Portugals strahlende Größe

Roman

448 Seiten, btb 73628
Aus dem Portugiesischen von Maralde Meyer-Minnemann

**Das koloniale Erbe Portugals – eine virtuose Rhapsodie
des Untergangs.**

Es ist Weihnachten, und Carlos hat seine Geschwister und
seine Mutter in die winzige Wohnung in einem armen
Vorortviertel Lissabons eingeladen, sie haben sich fünfzehn Jahre
nicht gesehen. Doch der Sekt wird warm, keiner kommt, sie
waren nie eine glückliche Familie. Als Kolonialisten lebten sie
schon in Angola mehr schlecht als recht; der Vater Amadeu war
ein Säufer, die Mutter Isilda eine Mätresse. Und die Kinder?
Carlos ist Mischling, Resultat einer Affäre des Vaters, Rui
ist geistig behindert, Clarisse verkauft ihren Körper. Der
Bürgerkrieg hat sie aus Afrika verscheucht, aber Schuld,
Gewalt und Hass tränken ihre Erinnerungen und treiben sie
in den Untergang – auch wenn ihre Nationalhymne stets
»Portugals strahlende Größe« beschwört …

»Kaum ein anderer Autor verfügt über eine solche
obsessive Sprachmacht.«
DER SPIEGEL

btb

António Lobo Antunes

Guten Abend ihr Dinge hier unten

Roman

752 Seiten, btb 73655
Aus dem Portugiesischen von Maralde Meyer-Minnemann

»Guten Abend ihr Dinge hier unten« ist nichts Geringeres
als ein Porträt Angolas in den letzten vierzig Jahren, von der
Kolonialzeit unter portugiesischer Herrschaft und ihrem Ende in
einem blutigen Bürgerkrieg bis zu Korruption und Gewalt in der
Gegenwart. Zu Wort kommen die Schwachen, die Betrogenen,
die Verlassenen …

»Ein Sprach- und Bewusstseinsstrom, wie man ihn von
Faulkner und Uwe Johnson kennt.«
Frankfurter Allgemeine Zeitung

btb